香港兒童文學名家精選 孫慧玲

我愛光頭仔

新雅文化事業有限公司
www.sunya.com.hk

香港兒童文學名家精選
我愛光頭仔

作　　者：孫慧玲
插　　畫：野人
策　　劃：甄艷慈
責任編輯：甄艷慈
設計製作：李成宇
出　　版：新雅文化事業有限公司
香港英皇道499號北角工業大廈18樓
電話：（852）2138 7998
傳真：（852）2597 4003
網址：http://www.sunya.com.hk
電郵：marketing@sunya.com.hk
發　　行：香港聯合書刊物流有限公司
香港荃灣德士古道220-248號荃灣工業中心16樓
電話：（852）2150 2100　傳真：（852）2407 3062
電郵：info@suplogistics.com.hk
印　　刷：中華商務彩色印刷有限公司
香港新界大埔汀麗路36號
版　　次：二〇一三年七月初版
二〇二一年八月第三次印刷

ISBN: 978-962-08-5914-4

18/F, North Point Industrial Building, 499 King's Road, Hong Kong.
Published in Hong Kong, China
Printed in China

目錄

生活故事篇

小說篇

出版緣起

冰心説：「必須要有一顆熱愛兒童的心，慈母的心。」兒童是社會的未來，每一位成年人，都有責任關心兒童的健康成長。而優秀的兒童文學作品，正是兒童健康成長不可缺少的精神食糧。它們蘊含着真、善、美，能真切地反映兒童的心聲，能帶給兒童歡樂和有益的啟示，能鼓勵兒童積極向上，奮發進取。

回顧香港兒童文學的發展，由 20 世紀 30 年代香港兒童文學的開始萌芽，到 21 世紀的今天，有許多兒童文學作家一直在為香港兒童文學的繁榮辛勤地耕耘着。他們當中，既有從內地南來的作家，也有土生土長的作家；當中有不少文壇長青樹，也有很多新晉的年輕作家。這些作家為香港兒童創作了一批又一批的優秀作品，為香港兒童文學創作的發展作出巨大貢獻。

本公司一向致力於為兒童提供優質讀物，藉踏入 50 周年新里程之際，我們希望更廣泛地推出各種有益兒童身心的圖書，尤其是本土兒童文學作品，因此策劃出版《香港兒童文學名家精選》叢書。

本叢書是由各位作家在其已出版的著作中，精選出曾獲過獎，或是能代表其創作風格的作品結集成書。體裁包括童話、童詩、生活故事、兒童小説、科幻故事、幻想小説、散文等。作品展示了上世紀 50 年代至本世紀初香港少年兒童的精神面貌和社會風情，曾在讀者中產生過重大影響，並經得起時間的洗禮。

何紫先生曾說過：「倘若我們不從小培養小孩子閱讀的興趣，他們又怎能建立鞏固的語文基礎？」其實，我們不僅關注培養小孩子的閱讀興趣，提高他們的語文能力，我們更希望藉由優秀的兒童圖書，把愛心、善良、孝順、正直、勤奮、樂觀、堅強、關懷、謙虛、公義等種子植播於孩子的心田。叢書裏的作品既文字優美，更是充滿着真善美的人文關懷。

是次出版，我們挑選了在香港兒童文學創作上卓有成就的作家。我們希望由此而為當代少年兒童提供優質的讀物，也為香港兒童文學創作的研究留下具時代意義的印記，更由此表達本公司對兒童文學作家的由衷敬意。

本叢書能得以順利出版，全賴各位作家的鼎力支持。此外，特別感謝阿濃先生為本叢書撰寫總序，感謝謝錫金教授和羅淑君女士撰文推薦。

為了令讀者對各位作家有更多的認識，叢書還特地設有「作家訪談」，讀者可以由此了解各位作家如何走上文學創作之路、他們對兒童文學的見解等。

叢書後設有每位作家「主要的兒童文學原創作品」資料和獲獎資料，旨在為香港兒童文學的原創生態留下史料，並為讀者提供廣泛閱讀的書目。

叢書總序

在孩子心裏埋下愛、美、善的種子

阿濃

兒童文學是文學中最難搞的一門。

所有優秀文學作品要具備的條件，兒童文學都要具備。

但兒童文學的用字用詞有限制，宜淺不宜深。兒童文學的造句有講究，宜短不宜長。兒童文學的表達有要求，宜明白曉暢，不宜過分含蓄艱深。對許多作家來説，就是淺不起來，短不起來，明白不起來。他們做不到，不想做，甚至不屑做。

兒童文學的內容要純淨，像高山絕頂的雪，容不得絲毫污染。因為它是給我們純潔天真的小寶貝的精神食糧，其品質要求更甚於物質食糧的奶粉。但純淨不等於淡而無味，它芬芳，有大自然的氣息；它甜美，如地上樹上藤蔓上的果實；它富於營養，又容易吸收。這就對兒童文學作家個人的品質有了要求，兒童文學作家能標籤為organic，他的作品才屬於organic。

許多做父母的都知道餵孩子吃東西是一件苦差，想孩子接受我們為他們而寫的作品，同樣是強迫不來的。兒童文學作家要有十八般武藝，施展渾身解數，令他們笑，使他們覺得有趣，利用他們的好奇，刺激他們思考，引發他們感動，其實是很吃力的。

要成為一個成功的兒童文學作家，他首先要懂孩子的心，那就需要他自己有一顆童心。他同樣愛吃、愛玩、愛笑、愛哭、愛熱鬧、好奇、愛問為什麼。他同樣愛幻想，不受拘束、仁慈慷慨、視眾生平等。一顆赤子之心，試問在這烏煙瘴氣的世界裏多少人還能擁有？

優秀的兒童文學作家是如此難得，但社會（包括文學界、出版界）對他們又有多重視呢？寫書給孩子看被視為「小兒科」，大家對小兒科醫生十分尊重，對成人文學作家與兒童文學作家之比卻視為大學教授與幼稚園教師之比，使不少兒童文學作家不想擁有這個名號。同樣反映在版税方面，兒童書的版税普遍低於成人書，這也使兒童文學作家氣餒。

幸運地，香港還是出現了一批可愛可敬的兒童文學作家，多年來他們創作了豐盛的兒童文學作品。出版了大量的書籍，也被選作課文。在成千上萬的孩子心中，埋下了愛、美、善、關懷、正直、公義、勤奮……的種子，使我們的下一代有普遍的好品質好表現。這是兒童文學作家們最堪告慰的。

作為香港兒童讀物出版重鎮的新雅文化事業有限公司，1991年不惜工本，編印了《香港兒童文學作家系列》，邀請最出色的兒童書插畫家繪圖，硬皮精印，成為香港兒童文學的里程碑。21年後，新雅再次出版一套《香港兒童文學名家精選》叢書，為當代少年兒童提供最好的精神食糧，為研究香港兒童文學留下有價值的資料，同時向香港的兒童文學家們致敬，可謂意義重大。

祝願香港出現更多出色的兒童文學作家，祝願他們的地位獲得提升，祝願他們寫出更多更精彩的作品。

推薦序一

優秀的兒童文學作品歷久不衰

要想兒童喜歡閱讀，必須要有大量有趣的，能引起他們的閱讀意慾的優質讀物。我很高興地看到，雖然有人説香港是文化沙漠，但仍有不少兒童文學作家在勤奮地為兒童寫作，各家兒童圖書出版公司每年也為兒童提供大批印製精美的讀物。

2012 年香港書展，香港規模最大、歷史最悠久的兒童圖書出版社——新雅文化事業有限公司，推出《香港兒童文學名家精選》叢書，精選一批對本港兒童文學卓有建樹的著名作家的作品，為香港兒童提供最好的精神食糧。十位作家包括：黃慶雲、何紫、劉惠瓊、阿濃、嚴吳嬋霞、何巧嬋、東瑞、宋詒瑞、馬翠蘿和周蜜蜜。叢書出版後獲得了熱烈回響，不但得到讀者廣泛好評，而且其中五冊圖書獲得 2012 年的冰心兒童圖書獎。

2013 年，新雅再精選十位兒童文學作家的作品，於香港書展推出第二輯《香港兒童文學名家精選》叢書。十位作家包括：陳華英、潘金英、潘明珠、君比、韋婭、黃虹堅、胡燕青、金力明、劉素儀和孫慧玲。

二十位作家的作品，展示了上世紀五十年代至本世紀初香港少年兒童的精神面貌和社會風情，從不同層面刻劃了香港兒童的成長足跡，以及他們成長中所遇到的困擾。

和現在相比，上世紀的兒童生活和現今的兒童生活有着很大的差別，他們的生活遠比現在的兒童困苦。但是兒童的心性是相通的，他們的歡樂和煩惱，無一不是當今香港兒童所常遇到的；而他們面對挫折而表現出的勇氣和智慧，又給當今的少年兒童提供了有益的啟示和學習榜樣。

優秀的兒童文學作品影響力歷久不衰，本叢書正好印證了這一點。

我誠意向各位關心兒童健康成長的家長和教師推薦這套有益兒童身心的優質圖書，也藉此向各位辛勤耕耘的兒童文學作家表示敬意。

謝錫金

香港大學教育學院教授

香港大學中文教育研究中心總監

全球學生閱讀能力進展研究計劃

(PIRLS)- 國際(香港)委員

推薦序二

向陪伴兒童成長的文學作家致敬

收到新雅的邀請，為這套《香港兒童文學名家精選》寫推薦序，實在有點兒受寵若驚。為的是叢書內網羅了香港差不多半世紀內鼎鼎大名、優秀的兒童文學作家。其中黃慶雲（雲姐姐、雲姨）更在1938年曾到本會位於香港大學馬鑑教授的西營盤宿舍樓下的會所為街童講故事，她是推動本港兒童閱讀的先行者。

《香港兒童文學名家精選》內的作家都是香港兒童文學上的中流砥柱，他們的著作吸引了無數的讀者，深受新一代歡迎。在本港推動閱讀文化的各項活動中，鮮有不包括他們的作品。

雲姨是全球知名的兒童文學家；周蜜蜜是雲姨的女兒，以香港兒童成長為題，對兒童成長經歷的過程有細膩深刻的認識；何紫先生將不同年代的童年呈現，伴隨香港的成長，閱讀他的童話就像閱讀香港不同年代的社會發展；東瑞的故事，天馬行空、科幻、出人意表的情節啟迪兒童對未來的好奇，跨越常規的突破和創意；馬翠蘿對人際關係的敏鋭描述，是小學生最喜愛的作家；阿濃讓跨代爺孫親切之情、愛護環境等浮現於故事情節中；何巧嬋校長以童話手法寫香港孩子的生活，希望小讀者能跳出眼前的局限；劉惠瓊姐姐透過動物故事，將兒童成長責任中的困惑、與朋友的交往娓娓道來；嚴吳嬋霞女士的作品描述了兒童的純真。

陳華英的作品希望帶給兒童歡樂、希望和幻想的空間；潘金英、潘明珠姊妹倆的兒童戲劇清新有趣；君比的作品反映了今日香港少年兒童所遇到的家庭問題和困惑；韋婭的幻想小説想像新奇；黃虹堅的成長小説教導小朋友當遇到家庭巨變時，他們應採取何種生活態度；胡燕青的童詩文字淺白，生活氣息濃厚；金力明的童話寓意深刻；劉素儀的科幻故事充滿幻想成分，主題卻是批判現代人的好戰；孫慧玲的小説寫出逆境中的少年如何自強。

優良的圖書和故事作品，會令培育兒童愛上閱讀變得輕易而舉。

如果説多運動能令兒童體格強壯，多閱讀則令兒童心智豐盛。小學階段，兒童從 6 歲開始到 12 歲的期間，是發展閱讀最重要的階段。兒童成長中，9 歲以前，是要學會掌握閱讀的能力；9 歲以後，他們透過閱讀去學習日新月異的知識，透過文字故事以豐富人生成長的經歷。好的故事、引人的情節、雋逸的文筆不單能為新一代開啟知識之門，讓思想騰飛，還能接觸社會內不同的價值取向、人際交往關係之錯綜複雜面。

《香港兒童文學名家精選》包含的故事仍是我們推動兒童閱讀的工作者經常採用的。它不單將本港兒童文學作出一個較為整全的匯聚，同時亦為父母提供了一個安心的選擇，羅列了多元化、鼓勵兒童閱讀的好作品。謹此向一羣努力耕耘、陪伴兒童成長的文學家前輩和翹楚致敬……

羅淑君

前香港小童群益會總幹事

作者自序

兒童文學　滋潤心靈

孫慧玲

有什麼比親近兒童，為兒童服務，為兒童創作等事更使人開心，更使人保持青春活力的？

在人生中遇到任何煩惱，在工作上碰到任何困難的時候，只要到兒童羣中去，去感受一下他們的天真開朗、活潑創意和反斗頑皮，便會煩惱盡去，活力驟添，勇氣大增——這就是我為什麼三十多年來樂此不疲地為兒童講故事，為兒童寫作，主持童軍集會和參與籌辦各種兒童活動的原因！

因為女兒，我開始從事兒童文學寫作，多年來，每個故事，每篇文章，都是得到兒童的慷慨相助而完成的。因為我用真的心關心兒童，為他們的喜而喜，為他們的悲而悲，他們每每自動地獻上一個又一個充滿童真童趣的故事；因為我用善的態度對待兒童，我便發覺他們的一切行為都是可愛的，可理解的，可容忍的；因為我用美的眼光觀察兒童，結果我欣賞到無數的詩情美意，在在都是下筆的好題材。

創作兒童故事，我從來沒有題材匱乏的困難，但兒童的神情心態，並不容易捕捉、表達，所以我總得懷着一顆戰戰兢兢的心去觀察、去了解、去掌握、去為我們可親可愛可敬的下一代作出真確的刻劃。

寫動物故事，一向是我的興趣和擅長，選自《真愛在校園》童話集的三個童話：《鼠輩大逃亡》、《佻皮三鼠組》和《小豬也偷渡》，便是利用兒童喜愛小動物的心理，寫小朋友與生俱來的反叛搗蛋和不甘於現狀的故事，此書受到廣大教師和家長喜愛，榮登優質教育基金書叢榜。《警犬考試無難度》、《學警出更》、《怪胎復仇記》三個警犬故事，選自暢銷書《特警部隊系列》，寫警犬成長和工作中的喜怒哀樂，借警犬的雙眼來看人間種種世事，用新穎的寫作手法來反映現實，是名副其實的都市童話，笑中有淚，劍拔弩張中有愛，正是故事深深感染讀者之處。

生活故事篇中的《狼狗的爪與媽媽的手》和《我愛光頭仔》是《跳出愛的旋渦》故事集中的兩個生活故事，黃東濤先生（東瑞）評議說：作品「用了一種生動、活潑、調皮、純真的語言來講故事，引發笑聲；《狼狗的爪與媽媽的手》在驚駭危險卻又緊張惹笑中完成嚴肅的母愛主題；《我愛光頭仔》則以兒童視角看家人的相處，刻劃兒童妒忌卻又良善的純真心理。」《愛心女神與蟑螂》以環保題材寫兒童的善，《傲慢與偏見》寫兒童的相處出現的問題和她們解決難題的方法，《打開門的日子》更是作者成長經歷的現身說法，這三篇，都是我比較早期的作品。

《長跑小子》，原名《旋風少年手記》，是一部少年小說，寫我的一位學生李耀輝的成長經歷。耀輝出自低下層家庭，無心向學，只熱衷運動，但傷患和疾病卻迫使他結束運動員的生涯。父母對他不理解，初戀女友和守護神兄長相繼離他而去，中學會考零蛋，他是怎樣拚搏掙扎下來，開拓寬闊人生路的？我含着淚寫《長跑小子》，卻努力使它淚中有笑，使它殘酷中體現愛，深深吸引讀者。《旋風少年手記》榮登「中學生好書龍虎榜」候選書目，《魔鏡奇幻錄》更榮獲第十四屆「中學生好書龍虎榜」十本好書之一。

社會發展，視乎我們有怎樣的下一代，視乎我們的下一代有怎樣的品德志向、精神面貌、智慧能力。兒童文學，在世界各地都被視為兒童時期最重要的精神食糧，感謝新雅文化事業有限公司致力推廣本土兒童文學，出版「香港兒童文學名家精選」系列，建構閱讀文化，讓兒童能夠接觸到優良的兒童文學作品，在一個充滿關愛和知識的環境中成長。出版優良讀物，薰陶兒童真善美的健康心靈，功在國家、社會、家庭。

作家訪談

自然而然地走上兒童文學創作道路的兒童文學作家

——孫慧玲

自然而然地走上兒童文學創作道路的兒童文學作家——孫慧玲

甫踏進孫慧玲小姐寬敞明亮的書房，我立即被她那些似是隨意擺放，實則精心點綴的各種富有童趣的小擺設所吸引，尤其是那一座精緻的魯迅全身小銅像。孫慧玲一邊洋洋自得地指着各小擺設向我介紹其出處，一邊笑着對我說：「你問我童心從哪兒而來？看，這些小擺設就是我保持童心的最佳方法之一啦！」她還鄭重地把魯迅的銅像拿到我面前，指着銅像背後的魯迅名言對我說：「請看，魯迅先生說的『俯首甘為孺子牛』，就是我對兒童的態度，也是我寫作兒童文學的態度。」

我一邊瀏覽着孫慧玲那三排靠牆而立的大書架內的豐富藏書，一邊聆聽孫慧玲介紹她怎樣走上為兒童寫作的道路。

真正執筆寫兒童文學源自何紫先生的一句話

「我是女兒出生之後，因為要給她講故事，所以也一邊作故事，慢慢地發覺原來兒童文學是如此好玩的。不過，我真正執筆寫故事，則是由於何紫先生對我說的一句話。

「那是上世紀八十年代的某一天，我完成教育碩士課程，在藝術中心參加完一個活動後，何紫先生走過來對我說：『孫慧玲，是時候你要執筆寫點兒童文學了。』後來， 啟思兒童文化事業的劉倩蘭女士，在八九民運之後計劃出版《媽媽，我要民主》故事集，向我約稿，於是我寫了我的第一個故事《長褲和短褲的風波》，這是寫一個童軍和媽媽之間為一條褲子出現矛盾的故事。我很感謝何紫先生的啟蒙，他的一句話令我拿起了筆。再加上我的師姐嚴吳嬋霞的鼓勵，令我走上了為兒童創作的道路。而一路走下來，我覺得寫兒童文學是一件非常開心的事。」

題材和靈感很多，只是礙於時間無法多寫

二十七年前，孫慧玲創立了全港第一支親子童軍旅團——二二九旅，並且一直擔任旅長。每個周末都和一大批天真活潑的小朋友在一起，這給孫慧玲帶來了很多第一手的寫作資料。「和他們一起搞活動，聽他們說他們的各種生活遭遇，觀察他們的舉止神態，往往能觸發我的靈感。」當孫慧玲聽到我問她從哪兒取得寫作靈感和題材時，她就如數家珍般的道來。

說到此處，孫慧玲拉開了在漂亮紗巾遮掩下的膠抽屜給我看：「我一向有剪報的習慣，你看看，這個文件櫃有 36 個抽屜，裏面分門別類的放滿了各種剪報。適當的時候，我會拿出來看看是否適合寫作。」

「其實，有時候我看兒童文學的研究文章，或是看了別人的作品，也會激發出創作靈感，從而創作出新的故事。有時候，即使和

朋友之間談話，談到他們孩子的表現和際遇等，都可以成為我的寫作題材。此外，還有很多的媒體，例如網絡、電視和一些專業雜誌等，我都可以得到靈感來組織自己的故事。總之，題材很多，只是礙於時間，寫不了那麼多。我沒有靈感的問題，也沒有欠缺題材的問題。題材是俯拾皆是的。

25年的旅長生涯，孫慧玲在關愛兒童、觀察兒童中獲得源源不絕的寫作題材。

「例如，我寫《特警部隊》系列，是因為2006年出現了徐步高這個『魔警』事件。我靈機一動，就決定從小朋友最喜歡的動物方面入手，借用警犬的視角來寫發生於香港社會的各種事情。

「又例如，收集在本書中的《狼狗的爪與媽媽的手》和《我愛光頭仔》，都是我從日常生活中觀察，以及聽親戚朋友的敘述後演繹出來的故事。《狼狗的爪與媽媽的手》是借郊外母子遇着大狼狗來講母愛，《我愛光頭仔》是利用我在泳池看到的一宗意外來寫母女姐弟情。

「再如《佻皮三鼠組》，寫的則是我童年的生活故事啦！」孫慧玲一提起這個故事就忍不住興奮起來，「小時候，我家開米舖，家裏前舖後居，我常與老鼠為鄰，所以對老鼠有着特殊的認識和感情，我就把它們化成了有趣的故事……」

哈哈，看來小時候的這些老鼠真的給孫慧玲兒時平淡的生活帶來很多樂趣呢！看着孫慧玲在講述小老鼠時的那種手舞足蹈，令我也不由的跟着笑起來。

捉摸兒童心理的途徑很多

每一個母親都愛自己的孩子，重視孩子的成長教育。不過，孫慧玲可能比任何的媽媽更為突出，因為，她在女兒剛滿月大就成立了全港第一個 BB 遊戲組，每個周末的晚上，幾個 BB 在父母的手抱下一起見面。孫慧玲發覺，不要以為這些小人兒什麼都不懂，原來他們是在互相學習的。孫慧玲在女兒和這些小朋友的身上，學到了很多有關兒童心理和兒童成長的知識。而為了做一個稱職的媽媽，孫慧玲更進修了教育碩士，研究論文就是寫兒童文學與兒童閱讀。此外，她更有意識地報讀了很多有關兒童心理和成長的課程，以及閱讀了很多這方面的參考書，這些都對孫慧玲創作時捉摸兒童心理起了很大的幫助。

孫慧玲還補充說：「此外，我在香港大學教書之前曾在中學任教多年，我在這些中學生的身上認識到少年的心理特點。其實，每個小朋友都有他自己的獨特性，如果你能掌握到他們的獨特性和普遍喜好，你也就可以細緻地把他們的心理特點表達出來了。」

真、善、美是評審兒童文學恆久不變的準則

大多數作家在創作時都或多或少會遇上寫作的瓶頸，多半都是在情節的推進方面。但孫慧玲卻有點不同：「在故事情節的鋪排時我覺得困難不大，反而是當站在讀者的角度來看，或是思考兒童讀者是否接受這樣的情節、這樣的安排時，我就要多花心思；其二是寫作時應本着什麼樣的立場。我常覺得兒童文學應該是為兒童健康成長服務，而不是單純迎合他們的口味。在市場考量和自己的寫作宗旨這二者之間究竟怎樣取得平衡，這是一個頗費思量的問題。我是不會為了遷就讀者口味或社會上一些庸俗心理而去改變自己的作品的。文學應該有它的教育意義和社會責任。」

「終生學習，激活創意」，孫慧玲願意和兒童少年同步向前。

談到怎樣的兒童文學作品才算是上乘的兒童文學作品，孫慧玲強調說：「最重要的是有童真童趣，能真正反映『兒童是活潑的、伶俐的、好玩的』天性；其二是，我相信人性是善的，因此兒童文學作品要能表達人性的善，帶領兒童走向完善人格的道路，可以抵抗社會世俗的污染，它所呈現的境界是純潔而優雅的。文字要通順，

但通順中還要有文字的情趣、美感和節奏，在文字的表述之下能帶領讀者聯想和反省。我始終認為真、善、美是評審兒童文學恆久不變的準則，因為離開了真就是虛偽，離開了善就是荼毒，離開了美就不是文學。」

我寫的故事是自然地從我胸臆中流出來的

談到哪一位作家對自己的創作影響最大，孫慧玲的回答有點出人意表，她說：「我覺得自己在兒童文學創作方面沒有特別受某一位作家的影響，這條路是我自己自然而然地走出來的，我寫的那些故事也是執筆即就的，因為它們是自然地從我胸臆中流出來，是我自己的風格。」雖則如此，孫慧玲還是說出了名作家金庸先生和張曉風女士對她整個寫作上的影響，金庸先生作品情節的跳脫和人物塑造，張曉風女士文筆的流麗和呈現的意境，這些都或多或少地影響了她的寫作技巧。

二十多年的創作歷程，孫慧玲認為最難忘的事，是她的第一部個人結集《跳出愛的旋渦》一出版就獲得了那一屆的香港中文文學雙年獎的推薦獎，這對於一個文學寫作新人來說，無疑是一個非常大的鼓勵。如今回頭看這作品，無論是內容還是寫作技巧，她仍然是覺得滿意的。其次最難忘的事是寫《旋風少年手記》。因為這是一個原型人物李耀輝在向她直接傾訴，而他又是她喜愛的學生。她看着他長大，成功，失敗，獲獎，生病，在在都牽着她的心，她是一邊流着淚一邊寫這故事的。《旋風少年手記》當年入選了「中學生好書龍虎榜」六十本候選書目，它的續集《魔鏡奇幻錄》則榮獲「中學生好書龍虎榜」十本好書之一獎項。

孫慧玲去年剛從大學教職退休，她向我講述她退休後的生活，就是經常外出旅遊。她希望在這「行萬里路」的過程中，洗滌身心，陶冶性情，擴闊眼界，寫出更多更好的作品。她還喜氣洋洋地告訴我：「我最近榮升外祖母啦！對於我來說，這是天大的喜事，而且也是我重新出發的時機，因為小外孫為我提供了一個觀察新一代兒童成長的機會。接下來，我有好多套作品在構思中，例如一套小學生美德故事繪本，李耀輝故事的第三本。還有，我也搜集了一些香港運動員的資料，以及許多環保題材，我希望能盡早動筆。」我期待早日看到孫慧玲的新作。

魯迅先生的名句「俯首甘為孺子牛」，是孫慧玲的座右銘。

童話篇

鼠輩大逃亡

我身裁嬌小，四肢靈活，膚色黝黑，毛短而粗，但充滿光澤，在燈光之下更散發出閃閃光芒。我的眼睛嘛，小小而機靈；我的嘴巴嗎，尖尖而突出；我的牙齒呢，細細而鋭利。我最喜歡自己的尾巴，長長的、尖尖的，我用力挺起它時，它堅硬如小鐵枝，加強我和鼠輩相爭的能力，更加強我和死敵肥貓搏鬥的實力；可是，當我悠閒地垂下它時，它卻柔軟如棉花，我最愛把它軟軟地垂在身後或者身邊，絕不學那肥貓般把尾巴盤着肥臀。

我、爸爸、媽媽和眾多兄弟姊妹叔伯舅舅姨媽姑姐一起，住在一間日本百貨公司的超級市場內，那兒外表清潔，各類貨品排列整齊，在顧客看不到的背後，還不是垃圾成籮，沒及時處理，以致發出臭味，吸引我們鼠輩聚居？同時，也吸引了我們無數的朋友蟑螂和蒼蠅呢！

在年輕一代的鼠輩中，我排行最小，出世才兩個多星期，但已經頑皮絕頂，是「無敵搗蛋鼠」。除了吃、玩和咬破東西之外，我最喜歡逛街和作弄人類。也不知為什麼，身軀比我大上不知多少倍的人類，大大小小、男男女女、老老少少，一看見我便奔跑、尖叫、縮腳、捂臉，年紀小的甚至大哭起來！我起初也被他們的叫喊聲嚇得不知所措，沒命逃竄，夾尾躲藏。而在藏身的地方，我聽到人們議論紛紛：

「嚇死我了！死老鼠！」一個女人咬牙切齒說，還加快腳步離開。

「我最怕老鼠的了！」一位老伯搖頭說，然後急急拐了個彎到別處去了。

「我更怕呢！一見老鼠，我便嚇得要昏倒啊！」一位胖小姐拍着胸口作驚恐狀說。

「沒道理的，這樣一間具規模的日資超級市場，竟然有老鼠！」一位中年男士嚴厲地批評說。

哈！我果真有這麼厲害，引得人們議論紛紛？人們總愛說「膽小如鼠」，他們的膽子不見得比我們鼠輩大吧？

我的頑皮心一起，決定要做個實驗看看。

於是，我從藏身的縫隙中伸出頭來，故意仰得高高的，但真是豈有此理，他們竟然看不見我！

於是，我躥前一步，露出半截身體，把頭再仰高一點。唉！他們仍然未發現我！我正想弄點聲音引起他們的注意時，卻不知道是誰在後面拉住我的尾巴，把我扯向後去。糟！我大難臨頭了！我被抓住了！我「吱吱、吱吱」的狂叫爸爸媽媽來救我。我的腦袋亂得一團糟，我想起爺爺告訴我人類捉剛出生還未開眼的小鼠浸藥酒的故事……

「殊！你還吵？恐怕人類發現不到你？」

噓！原來是媽媽！嚇了我一大跳！

「大白天，人來人往，你不睡覺，出去亂闖，小心闖出禍來！」

做長輩的總過分小心，杞人憂天，難道你們沒看見人類見到我們的惶恐相？媽媽的警告，我一點兒也不放在心上。

這天，我又按捺不住到處逛了，一邊逛，還一邊昂首豎尾吱吱的叫：

「哈！我來了！」

「哈哈！看我來了！」

「哈吱哈吱！看看我來了！」

終於，一個穿小花裙子的小女孩發現了我，先是連連後退，然後，「哇哇」的放聲大哭。

她的媽媽也看見了我，面色「唰」的變白，我故意向她衝去，嚇得她雙腳亂踩，最後還跳了起來，可是，就在她雙腳落地時，她的右腳卻踩到我身上，痛得我「吱吱」亂叫，夾尾竄逃到櫃槽中躲起來，我越跑得快，人們越亂作一團。這時，我聽到那位媽媽被嚇壞了似的大叫：

「哎，老鼠，老鼠，老……」

她臉青唇白地指着踩到我的地方，（傻女人！我小老鼠又怎會留在原地讓你來指！）她一邊叫一邊退到階梯上，連小女

兒也不理。忽然，她又像被嚇瘋了似的大聲地吵嚷起來：「叫經理來，我要投訴！」

人們沸沸揚揚，日籍經理終於出來鞠躬道歉，送了一個洋娃娃給小女孩壓驚，還送了一張五百元贈券給那位媽媽，算是令她消氣吧。

她倒是消了氣走了，我們鼠族卻大禍臨頭！

這完全是日本人做事極度認真所致。才第二天嘛，一隊「捉鼠敢死隊」便來了！老鼠夾、老鼠籠、老鼠毒藥，甚至老鼠迷魂罩等等，應有盡有。我們鼠族，對這些勞什子早已認識，連鼠族中最小的我，也常識豐富，絕不會中計，只會嗤之以鼻，敬而遠之。聽說「捉鼠敢死隊」還訓練了一組捕鼠貓，稱做「獵爪」，牙齒和爪都特別鋒利，專門受僱替人捉鼠，酬金是捉到一隻大鼠賞大魚一尾，捉到一隻小鼠賞小魚兩尾，哼！「獵爪」？我們倒不怕！我們最擅長躲到縫隙中，任憑你怎樣兇猛，也奈何不了我們鼠輩。恐怖的是，人類發明了老鼠螢光劑，不慎吃下肚裏，便會變成發光老鼠，躲也躲不了；還有老鼠失魂餅，吃了會使我們昏迷，成為植物鼠，目的是打擊鼠族的求生意志；更可怕的是，他們還成功地製造了老鼠相殘蛋糕，我們中計吃了，性情會變得極為暴躁，互相戰鬥咬噬，直至雙方筋斷骨露至死！這些殘忍的事情，絕不適合兒童知道，但為了我們增加保護自己的能力，智慧最高的族長爸爸只好召開全族大會，向整個鼠族說明人類的「滅鼠大法」。

本來，我們只需小心謹慎，牢記爸爸的叮囑，忍耐三數天，「捉鼠敢死隊」一走，鼠族又可以重出江湖了！可是，最令鼠痛恨的是那位「地中海頭」的超級市場經理，他除了重金請來「捉鼠敢死隊」外，還齊集所有職員，要來一個「翻天覆地清倉大行動」，唏，這可不是大減價，而是將貨物全部搬走，翻天覆地查鼠窩！知道最新消息當晚，族長爸爸愁容滿臉地宣布：

「不出兩天，我們的大本營一定會被發現，與其被逐隻消滅，或一網成擒，不如立即遷離。想不到，爺爺時代大遷移了一次，今天，我又要帶領大家逃難了！」

我垂頭喪氣，背着我的小背囊，拖着尾巴，默默無語地跟在大隊後面離開，偷偷地流下懺悔的淚。朗朗清月掛天邊，映照出我們長長的影子。哪處才是我的家呢？

佻皮三鼠組

吱吱和壞蛋渾身濕透，顫抖不停，神情驚恐。吱吱背上的皮被削去一片，露出嫩肉，還淌着血；壞蛋的尾巴更斷了一截，斷尾不知所終，可能是疼痛得太厲害吧，一回到窩來，壞蛋就像吃了鼠藥一樣，昏頭昏腦的把頭栽到牆角打轉。尖尖的父親見到兩隻小鼠這個情況，心知不妙，喝問吱吱和壞蛋這兩隻驚魂未定的小傢伙：

「快說，尖尖到底去了哪裏？」

*　　　　　　*　　　　　　*

一連下了幾天雨，一羣小老鼠憋在洞裏，正在生悶氣。

淘氣的小吱吱首先叫嚷：「悶死我了，我非出去玩玩不可！」

頑皮的尖尖立即附和：「再困下去，我尖尖可要變扁扁了！」

最詭計多端的壞蛋接着道：「喂，我們就趁爸媽們出去覓食時溜出去玩。嘿！聽說大水坑那邊新搬來了一窩鼠，有二、三十隻吧，是被日本超級市場的『翻天覆地清倉大行動』迫遷出來的。嘻！我們做探子，去刺探刺探軍情，回來好威風一番。」

三隻小鼠就這麼商議好。於是，在牠們的爸爸媽媽的後腳才踏出鼠洞時，牠們已經踏出前腿，準備出發探軍情去了，卻不幸被尖尖的祖母瞥見，大聲喝止：

「尖尖！你要出去幹什麼？危險！回到洞裏去！」

尖尖牠們見被發現，只好無奈地轉身，作狀要爬回鼠穴中，眼睛卻盯着爸媽叔伯們的行動。待牠們的影子消失了，壞蛋立即雀躍的下令道：

「萬歲！牠們都走了！我們溜吧！」

壞蛋的聲音還飄在洞口的空氣中，小鼠們已向溝渠的另一邊竄去了，身影迅速地消失在黑暗中……

牠們不知道，在地面上，剛剛掛起了黑色暴雨警告訊號。牠們的爸爸媽媽也不知道，如果知道，牠們便不會冒險出去覓食了。

溝渠內黑黝黝的，伸手不見五指。

三隻小鼠，在溝渠裏用觸鬚摸索前進。對，我應該形容一下那道溝渠。那是一條地下渠，平日，它的主要功用是把污水排出大海；在下大雨的時候，它則可以承接地面明渠的雨水，使雨水迅速排走，不致水淹路面，造成行車困難，行人不便。路面有通道可以下來，平日用重重的渠蓋牢牢蓋好，如果有需要，修渠工人會揭起渠蓋，爬進來視察或通渠。你們不必擔心照明問題，工人如果要爬進來做維修工作，他們會把兩旁的燈開着，再戴上裝有強力電筒的頭盔。溝渠的中間有一道深坑，在正常情況下，這道深坑已經可以排送污水，坑上兩邊有平坦的通道，可以行人，更是溝渠生物如小老鼠、蟑螂、蛆蟲的遊樂場。玩得瘋狂時，也會有小老鼠失足掉下去，但不是誇張，鼠輩天生身手敏捷，才一跌，瞬息間已抓牢坑邊，一聳身，便攀上來；即使不立即攀上來，牠們大可在污水中暢泳一番，老鼠會游泳？當然，你們沒有玩過鬥獸棋嗎？玩過的小朋友一定知道老鼠可以過河。

話說三隻小鼠成功地背着爸媽溜出來玩，有一種興奮開心的感覺，加上在溝渠裏，嗅到濃濃的濕氣和發霉味，更是精神大振，雀躍蹦跳，還齊齊大合唱：

吱吱，吱吱，

我們唱得好，我們唱得妙，

我們唱得哈哈笑！哈哈！

小吱吱興奮得把頭仰得高高的，扭動脖子，像喝醉酒似的，壞蛋則扮作倒地葫蘆，在地上滾動，尖尖更有趣，用兩隻較長的後腳站立跳舞，一隻前腿抓住尾巴舞動，另一隻前腿揮舞打着拍子。牠們這樣一吵鬧，使死寂的地下渠道頓時變得充滿生氣。

地下渠裏水聲濺濺，小老鼠們當然習以為常，只是小尖尖聽覺靈敏，好像隱約聽到後面傳來「隆隆」悶響，告訴壞蛋，壞蛋卻全不放在心上，甚至提議：

「大驚小怪的！近日天氣不好，是天上打雷吧，不要膽小如鼠！走，到裏面去……」

嘿！壞蛋，你不就是老鼠？

話未説完，牠自己已經率先跑得老遠了；吱吱那會落後，還不快快四腳開動，像汽車輪子般趕上去？尖尖正想不假思索，對自己下令「一、二、三，全速前進！」追上去的時候，忽然嗅到近水坑邊有燒雞翼的氣味，還帶點腐肉的「香」。

小朋友，告訴你們，老鼠最愛吃變壞了的食物，那種發霉的腐肉，對老鼠來説，就像小朋友最愛吃的漢堡包、麥香雞，腐肉肉質比新鮮的肉軟，嚼下去就像嚼炸薯條一樣。這霉味，誘得尖尖忘形地向水坑邊跑過去。這時候，遠遠在前面的壞蛋和吱吱也嗅到有吃的，正掉過頭跑回來。

説時遲，那時快，「隆隆」兩聲巨響之後，遠處湧起滔滔濁水，向牠們這邊翻騰狂奔過來，瞬息間，坑上通道已被水淹沒，污水湧起的濁浪，正向渠道直掃。在牆邊的吱吱立即拚命地施展攀石功，忙亂地攀上牆石，死命地鑽進牆中一個小洞中，由於動作太猛，被鋒利的牆石削掉了背上一大片皮肉，疼痛加上驚惶，正放聲嚎哭，只是，嚎哭聲立即被淹沒在如雷的水流聲中了。壞蛋則死命地抓緊地下渠中的水管往上爬，腳趾甲抓斷了，尾巴也扯斷了，混身哆嗦，但總算保住了小命。尖尖呢，事出突然，又最近坑邊，被沖個措手不及，更來不及叫上一聲「救命」，已經不知所終。

*　　　　*　　　　*

不知過了多久，水位漸漸退了下來，吱吱和壞蛋驚魂甫定，才敢各自從避難的地方走出來，互相叫喚。劫後重逢，「佻皮三鼠組」缺了一隻，壞蛋和吱吱顧不得自己背上淌着血和尾巴斷了，拚盡全力的呼喚和搜索尖尖。可惜，儘管牠們叫得聲嘶力竭，仍得不到尖尖的回應，尖尖始終音訊杳然。到最後，牠們也只好拖着受傷疲乏的身體，帶着兩顆顫慄忐忑的心回家，想把這事告訴爸媽，然後再作打算。

*　　　　*　　　　*

鼠洞裏，迴響着尖尖爸爸的咆哮，還有尖尖媽媽的哭聲。吱吱和壞蛋早已被嚇壞了，也禁不住哭作一團。鼠長輩們交頭接耳，商議找尖尖的方法。

這時，牠們聽到住在上面的人家的電視機傳來天氣報告的聲音：

「兩小時前掛起的黑色暴雨警告訊號已經除下，但多處地方仍然水浸，新界區更水浸到桌面高度，而且多處山洪暴發，為安全計，市民應該繼續留在家中。」

「嗚嗚嗚……尖尖今次準凶多吉少了，我的尖尖啊，你在哪裏啊？」尖尖媽媽一邊説，一邊要衝出去找尖尖。

「不要衝動，我們從長計議，再出去不遲。」尖尖爸爸比較冷靜，攬住了尖尖媽媽。

了解情況後，一干鼠輩在包紮了傷口的吱吱和壞蛋帶領下，再到出事地點去。

「尖尖，尖尖，你在哪裏啊？」吱吱和壞蛋呼喊着。

「尖尖，你不要嚇着媽媽，你在嗎？」尖尖媽媽尖叫着。

「尖尖，你再躲起來，看我不揍你一頓！」尖尖爸爸怒哮着。

「爸爸，媽媽。」微弱的聲音在上面傳來，接着更有一團黑影墜下來，跌在找尋尖尖的鼠堆中，尖尖爸爸的背更被壓個正着，大家定睛一看，哈！是尖尖！是尖尖！果然是尖尖！

原來，大水沖過來的時候，尖尖走避不及，被沖到浪頂，將尖尖湧到地下渠的天花上，剛巧正沖到渠蓋邊，尖尖忙亂中抓住渠蓋邊，躲到蓋下的手挽處避難，拾回小鼠命一條，還出奇地並無損傷，只是疲乏不堪罷了。

「尖尖！」第一個高興得緊緊摟着尖尖痛哭狂吻的，竟然是尖尖爸爸！

小豬也偷渡

豬的家族從來就有一個傳說：人類把我們養得胖胖白白，其實居心不良，要用盡我們身上每一寸、每一分。一隻豬由豬肉到內臟，豬血、豬皮、豬耳、豬鼻，甚至是豬腳趾，都可以吃，而且具有醫療價值。連他們嘛不得的毛髮，也要用來做梳子。小豬呢，更妙，烤成脆皮乳豬，哼！香港人美其名叫「鴻運當頭」，日本人便叫「子豚丸燒」。唉，怪不得豬農都說：「家有一豬，如有一寶」了！

我長得皮膚潔淨，白皙中透着淡淡的粉紅，樣子嬌憨，連我的主人也不時輕撫我的背脊，讚我可愛。聽主人說，澳洲有一位動物心理學家建議人們多給豬隻輕輕拍打，減輕豬隻緊張情緒，使豬隻長得更健康肥壯，賣個好價錢。主人就是響應這個「輕拍肥豬」計劃，不時來拍我，讚我漂亮，又讚我乖，讚得我很開心，登時全身豬皮，連豬耳朵尖，都變成鮮明的粉紅色。

自從昨天晚上，我開始變得神經兮兮，寢食難安了。因為，昨晚睡意正濃時，我清清楚楚聽見好朋友亞白和亞點，嗚咽着哀求主人不要宰牠們，今早起來，只見牠們的豬欄空空如也，連牠們的爸爸媽媽也不見影蹤。

還有肥豬亞叻和大塊頭亞威，怎麼也不見出現？前幾天兩豬「角力大賽」，牠們在沙地中央畫了一道線，兩豬豬身並貼，死命地擠迫對方，是名副其實的「肉搏戰」，肥豬肉對肥豬肉，豬皮磨豬皮，豬耳碰豬耳，一心只想將對方擠過中線，贏取勝利，博取大家的掌聲，賺得豬名遠播。亞叻和亞威是豬族中最年輕健碩的孖寶，這場比賽一定擦出火花。

看！比賽一開始，兩豬已蠻力盡出，先來一個「碰碰豬」，算是熱身。忽然，亞威使出奸計，用後蹄踩住亞叻的腳趾，痛得亞叻殺豬般叫。亞叻也不示弱，豬耳一甩，掃得亞威豬眼睜不開，豬淚直流，豬腿猛縮，更慘被亞叻乘機猛力碰撞豬肚，撞得豬蹄失足，豬身重重地倒下，豬腹朝天，豬皮擦損。好一個亞威，就敗在小小的「豬耳掃」上。在圍觀者豬掌勁拍，歡呼聲雷動，吶喊聲震天的時候，亞威「霍」地從地上翻過身來，全身通紅，從豬鼻中噴出不忿的熱氣，紮好豬步，就要再來決鬥。

就在這時，主人出現了，先走到亞叻身邊，輕拍牠的豬頭，嘖嘖稱讚道：

「怪不得人們說豬是聰明的動物。」

他又走到亞威面前，用欣賞的眼光注視亞威紅通通的樣子，開心地說：

「果然是一頭好豬！」

說着，主人已從腰背間抽出繩索，第一條套住正在洋洋得意的亞叻頸上，第二條正要向亞威套去時，亞威已出於逃生本能，強忍背痛，連連後退，邊退邊喘氣，沒命地走遠了。

主人也沒意思窮追亞威，他把亞叻拉到沙地遠處的鐵皮屋裏去。一路上，亞叻死命掙扎，殺豬般嚎叫哀求，真是聞者傷心，見者落淚。那間屋，不就是豬長老們千叮萬囑不要走近的「豬地獄」？

小豬們還不太明白發生什麼事，隻隻翹首張望，想看熱鬧。豬長輩們卻全身發抖，牙關打顫。

我希望自己長得像亞叻般肥壯聰明，但這又怎樣？自從那天之後，我們便沒有再看見亞叻，卻總嗅到令豬欲嘔的氣味。我年紀小，沒有豬願意告訴我事情的真相，但我隱隱有種不祥預兆。我不想像亞叻般在眾目睽睽下被套走，也不想像亞白和亞點般失蹤或被捉去，當然，我更不想做「鴻運當頭」！

「嘎！」

農場外傳來刺耳的剎車聲，車後的鐵門被打開，鐵板「乓」的一聲撞到地上，再發出幾下「乓、乓、乓」的餘響，然後斜斜地擱着，靜待好戲上演。而我，早已乘豬欄閘門大開，偷偷溜了出來，躲在路邊垃圾桶旁，正不知道應該轉左還是轉右的時候，聽見主人吆喝：

「快！將豬籠搬上車，船正在碼頭等着！」

情勢危急，如果我現在亡命狂奔的話，一定會被人們發覺。你瞧，貨車司機在前面坐着，搬運工人在後面上貨，主人在閘門指揮，我能走哪個方向呢？

正當我躊躇不決的時候，主人轉身帶着搬運工人入內再搬豬籠，我便立即竄身而出，躡手躡足踏上鐵板，鐵板發出輕輕的「登登」聲響，這不要緊，因為車上的豬叫聲，已把我的腳步聲掩蓋了。我選了車斗陰暗的一角，好匿伏下來，天！鐵籠中全是我的好朋友！亞白、亞點、豬小姐、豬仔、豬女、豬爺爺……還有亞威！牠在最開處*的最下面，牠的籠被四、五個鐵籠壓着。可憐的亞威，一頭豬有二、三百斤，亞威頭上便足有千多斤！

終於開車了，車斗的鐵門重重地關上，倒霉的亞威，後蹄慘被那鐵門夾住，慘叫一聲，豬，愛莫能助；人，置之不顧。車斗是密封式的，門關上了之後，車斗裏便悶得透不過氣來，亞威由慘叫轉為嚎哭，再由嚎哭轉為嗚咽。因為車聲嘈吵，車行顛簸，加上我有窒息的感覺，頭昏昏的，到底亞威在什麼時候停止嗚咽的，我並不清楚。總之，車開行不久，全車的豬便像被催眠似的，昏昏欲睡，車斗內一片沉默。

好不容易挨到車子停下來，鐵門打開，我深深吸了一口清新的空氣，空氣裏帶着鹹味，我知道，我們已被送到

*最開處：粵語方言，指最外邊。

海邊，準備運上船了。人們正忙碌地搬運鐵籠，人人視線向上，注視着吊臂將豬籠吊上船的情況，我乘機跑了出來，悄悄地溜上甲板，混亂中走進了一個房間。呵！驚恐忙亂了大半天，太倦了，我鑽到一個被窩中，迷迷糊糊睡着了，還流着口涎做夢呢，夢見亞叻的掙扎，夢見亞威直喘粗氣，夢見豬爺爺發口蹄病，還有爸爸、媽媽……

一張眼，看見一對小眼睛正盯着我，距離太近了，我看不清楚是什麼東西，待再看清楚，噢！是一個小孩！原來，昨天晚上，我睡在一個小孩子的被窩中，跟他度過一個安穩舒適的晚上！

「爸爸，留豬豬在船上跟我玩，好嗎？」

小男孩帶我到船頭，我看見一個美麗的海港，兩邊大廈林立，海上船隻穿梭。

我偷渡成功了，還得到船主收養，成為一隻寵物豬。可是，隨着我日漸長大，我希望可以學美國德州的比絲斯拉勇救遇溺小主人，又或者學警豬盧卡斯去緝毒建功。我想證明，豬，除了被宰、被養作寵物之外，還可以有更大貢獻的。

警犬考試無難度

今天是考試的大日子。

訓練場上，新丁警犬齊集。

「SIT ！」

一聽見號令，大家齊齊後股坐下，貼在領犬員的左邊大腿旁，好一支隊伍，一字排開！整齊好看，這就是香港超凡特警的軍容。

「COME ！」

十米外的陳 Sir 招手叫我，我霍地站起來，向他跑過去，動作利落，絕不含糊，偏偏在這時候，樹上有羣麻雀卻不識趣地俯衝低飛，吱吱喳喳叫嚷道：

「喂，狗仔，狗仔，來捉我們，捉得到，給個錢你買紅棗！」

我眉頭一皺，差點想聳身出擊，把他們一隻隻拍下來，但理智告訴我：要沉着忍耐，絕不能因抵受不住挑釁而停步，也不可狂吠撲擊。我只好奮力衝過那羣麻煩的小東西，專心一致向着陳 Sir 走過去。

「蓬、蓬、蓬」，感覺犬頭碰到一些毛茸茸「暖笠笠」的東西，我知道，一些不知死活的麻雀被撞倒了。

我也無暇理會他們之中有沒有傷亡，走向陳 Sir 完成指令才是我當前要做的。

「STAY ！」

聽到陳 Sir 又發出原地停步的指令，我立即煞住腳步，四條腿揚起了泥土，在地上劃上深深的剎痕。我四腿挺立，原地不動，雙眼盯着陳 Sir，鼻上沾滿麻雀的幼毛！

「Good Girl ！」陳 Sir 由衷讚美着。

我 Nona 露娜聰明絕頂，永遠表現出色，我要少年當自強，做超班犬，不讓其他老大哥獨尊，尤其是不讓表哥的表哥狼犬和自以為很威很酷的洛威那犬瞧不起！不讓別的犬小覷我年紀小，更不要讓他們瞧不起我們瑪蓮萊犬！少年出英雄，從來都是正確的！

説來，今天真有點奇怪！

看，遠處有一個人，全副武裝，一身披着厚重的服裝，雙臂上尤其縛上厚厚的袖子，這樣的服飾，行動怎能靈活？他想做什麼？

這個人背向我們，我們看不清他的樣子，只見他手中揚鞭，「嗖嗖」的在空中作響，叫人叫犬震懾。現場氣氛也的確緊張，犬犬翹首凝望，領犬員人人全神貫注，身上腎上腺素飆升，我隱隱感到一場惡鬥即將爆發了！

我犬頭一仰，咦！空氣中送來熟悉的氣味！犬鼻一索，心中一驚，差點叫了出來……

噢！是他！

我的頭仰得更高了，死命控制住不由自主要搖擺示好的尾巴。

他，就是我最敬愛的「吳督察」！

吳督察今天隆而重之地穿全副「麻布厚質訓練服」武裝上陣，加上手持鞭棒，分明是在扮演目標人物，考核警犬，進行師兄姊口中所説的「出關試」。

他以為自己有魔法還是有後眼？竟然背向我們！十米外，十幾頭警犬正豎尾咧齒，全面戒備，隨時攻擊！

Max 麥屎站在他的通 Sir 身旁，氣宇軒昂，眉目精靈，正在鑑貌辨色，隨時有所行動。

通 Sir 解開犬索，一聲號令：

「Hold him!」

只見 Max 麥屎，四足齊發，炮彈飛車般射出，到距離目標還有兩米之遙，即縮前腿蹬後腿，一個伸腰彈跳，凌空飛起，直噬目標人物——「嫌疑罪犯」的右臂，牢牢咬住，死口不放！

吳督察奮力提起被咬住的右臂，將近一百磅重的Max麥屎整隻拽起，麥屎被拽得犬頭高過吳督察，仍然犬齒緊噬，絕不放鬆。就在「疑犯」手臂勢盡下垂之際，Max麥屎即乘機用力撕扯，將他拖跌地上。跌在地上的吳督察大喘着氣，揮動手上的軟鞭，清脆利落，「啪啪」兩聲，狂抽麥屎，麥屎痛得身體抽搐了兩下，但他那副犬齒啊，仍然緊咬，這是警犬在追捕疑犯時遭到襲擊的考驗，一頭好警犬，無論遭到疑犯任何襲擊，也絕不可以夾尾竄逃的。

這時，通 Sir 走上前大喝道：

「LEAVE ！」

Max 麥屎才悻悻然放開犬牙，讓通 Sir 擒住「悍匪」。Max 麥屎的身手，我們一眾依在自己的領犬員身旁的師弟妹，看得目瞪口呆，如癡似醉，犬耳直豎，張大嘴巴，齊齊伸出長長犬舌，口水長流，淌得一地都是唾液。我們犬犬心中喝彩，喝彩，喝彩，很有衝動要拍爛犬掌，亂吠狂嗥。

「DOWN ！」

我們回應「趴下」的指令，齊齊趴下待命。偷眼望向麥屎，只見經過一番惡鬥後的他，從容坐下休息，大氣也不喘，只是伸出瑪蓮萊犬特長的舌頭降溫。我看在眼裏，敬慕之情油然而生，噢，我愛上了他嗎？

考試結束了，要宣布成績了！

「UP ！」

全體站立，聽取成績。

「很好，今天考試的成績叫人滿意！你們等待指派工作吧！ DISMISS ！」吳督察鄭重宣布。

「汪汪，汪汪，汪汪汪，汪汪汪汪……」

全場歡呼聲雷動，長嗥一曲「愛的鼓勵」。想不到吧，犬跟人一樣，也會為考試成功而歡騰！可惜我們沒有軍帽，否則還要拋高帽子三歡呼 Hip Hip Hurrah 呢！噢哈哈！我愛特警學堂！

遺憾的是，囉友 Lord 攻擊一環「肥佬」*，稍後要重考。

「喂，囉友，剛才考試，為什麼不狠狠的噬下去？」在回犬舍途中，我和囉友並肩而行，趁機問他。

「……」囉友垂頭不語。

「你到底有什麼困難？我可以幫忙嗎？」我好心追問，想了解情況。

「……」囉友仍然閉口不言。

「喂呀，囉友，你說話呀！」我心急了，要發怒罵他了。

「你不會明白的了。」囉友說罷，垂頭別過臉去。

這算怎樣？不理會我了？還是叫我不要再煩他？

哼！我自尊心受損了，於是也別過頭去，追隨忠仔回自己的犬舍，不再理睬他！

試後，一眾考官都說：瑪蓮萊犬，果然服從性強，聰

*肥佬：英文 fail 的諧音，指考試不及格。

明絕頂，難得的是勇敢堅毅，無論環境多惡劣，工作多困難，都能夠忠心地聽從指令，完成任務。

由於我們瑪蓮萊犬以速度見稱，所以經常被調配到警犬隊中的飛虎隊，執行特別任務。通過考試後，我們全部被編入特種部隊，負責緝毒、搜爆，只是，我們還得先落區接受巡邏犬訓練。

這時，麥屎 Max 特意走過來，溫柔地對我說：

「Nona，希望有機會合作。」

我未來得及回應，麥屎已經飄遠了，和他的領犬員會合。唉，他就是那麼飄逸，那麼難捉摸！

轉過頭來，正好聽見吳督察特別對忠仔說：

「我看得出，Nona 雖然年紀小，卻是頭超班犬，你看，她體能佳，靈敏度高，嗅覺聽覺不凡，工作態度投入，對長官忠心服從，能準確無誤地執行指令，最難得的是人家用十五星期訓練，她只用十一星期便完成課程，可以執勤了。」

得到長官點名稱讚，我更信心十足，躊躇滿志了！

所謂養兵千日，用在一朝，什麼時候，我可以和我的好兄弟一起，出戰人間道？

學警出更

可以出外了，可以出外了！

我被派駐北九龍衝鋒隊。

這一天，大清早，忠仔說要帶我外出。來到香港這麼久，第一次說可以出巡，我興奮得圍着忠仔團團轉，汪汪叫。

但是忠仔卻不把我帶去大閘門，反而把我帶到一座建築物，叫我在門外等候，然後就不見蹤影。犬天生有過人的嗅覺和聽力，尤其是經嚴格訓練的警犬。我仰起鼻嗅着嗅着，那熟悉的「忠仔味」從一個房間中散發出來。我豎起耳朵，聽到裏面有人移動物品的聲音，忠仔在搞什麼鬼？

這時，吳督察出現了，他打開了門，放開我頸上的索帶，威嚴地下令：「SEARCH ！」

好哇！捉迷藏？看誰逃得過我的犬鼻！

我毫不猶豫，迅速鑽入房間，不見人影，空氣中卻有好幾種人體的氣味，我知道這房中有幾個人在躲藏着，而在牆角那塊木板後面的，分明就是忠仔！哦，這麼有趣，玩捉迷藏？還是躲起來考驗我，看我有沒有鼻塞綜合症？好，讓我假裝東嗅嗅西嗅嗅，害他心急一下。忽然，心念一轉，我想到：

「噢，不對，如果今天是一場比賽，或者是另一次考核，要計算時間，那我豈不是自食其果，玩出禍來？」

想到這裏，我立即衝過去，叫道：

「汪汪，我找到你了，汪汪，還不快些出來？」

狡猾的忠仔就是紋風不動，我急忙的用前腿移開木板，木板後面是一張桌子，忠仔就躲在桌子下，還用兩張椅子作遮擋。

唉，人類就是老愛自作聰明，犬，是用鼻子，而不是用眼睛搜尋的，管你遮遮掩掩，瑟縮躲藏，還不是一下子把你嗅出來？！

這些日子以來，我接受了警犬全科訓練，既通過服從性考核，還在巡邏、攻擊、緝捕、搜查毒品和爆炸品各科目中，以優異成績過關，對我的工作能力，長官們絕不用懷疑哩。

「好，只用了三十秒，表現出色，搜捕科成績優異，可以帶出去了。」吳督察這樣說。

嘻嘻，好哇！學警要出更呀！這是我犬生第一等大事！

在學堂的經驗，可以真正派用場了！我憧憬着出街執勤的機會，幻想着盡忠職守，街上巡邏，威風八面，壞人喪膽的場面。

領犬員帶警犬外出巡邏叫「行 beat」。

想不到，真的想不到，第一次「行 beat」，我就……

外出前，忠仔蹲下身來，雙眼望着我，千叮萬囑說：

「Nona，一會兒外出，記住要乖，緊跟着我，不要亂吠，知道嗎？如果人們伸手摸你，要快快活活地任由撫摸；小孩子來拉你的尾巴，要忍耐，不要吠叫，不要嚇人，更絕對不要噬人。喂，伙計，要友善，要親民，親民呀，OK ？亂吠會被投訴，咬人要坐牢，記住！記住！記住！還有我是陳 Sir，不要再叫我做忠仔。」

他怎知道我叫他做忠仔？看他一臉嚴肅，不是鬧着玩的，我伸出了濕潤的舌頭，直舔他的臉，應道：「汪，yes sir ！」

陳 Sir 帶着我在街上，不徐不疾地踱步。

嘩，只見街上人頭湧湧，兩條腿的人步履匆忙，走得比我四條腿的還要快，我被夾在快速擺動震顫的人肉腿中，只覺眼花繚亂，心驚肉顫。最恐怖的是馬路上車來車往，川流不息，車聲隆隆，響號聲此起彼伏，噪音震天，臭氣瀰漫，加上天氣炎熱，悶熱污染的空氣濃濃地混着地面揚起的塵埃、冷氣機的熱氣、香煙的懸浮粒子、人的汗臭和車輛廢氣，薰得我混身不適，心跳加速，鼻子痕癢，頻打噴嚏。陳 Sir 卻像不理解般瞪着我喝令：

「QUIET ！」

這叫我更緊張得要死。我緊貼着陳 Sir 的大腿，不敢輕哼一聲。人緊張時腎上腺素上升，身體會分泌出緊張荷爾蒙，我嗅到陳 Sir 身上的緊張氣味，再看他面容繃得緊緊的，看來他的情況也不比我好到那裏，我學警第一次出更，莫非他也是學警出更？

第一次出更，害怕之中也實在帶幾分興奮。

咦，前面有一個紅色的、胖胖的、蹲坐在路旁的傢伙，尖尖的嘴巴還在淌着水？「汪！」這是什麼？我止住腳步嗅一嗅，鹹鹹的，有海水的味道，也混和了許多其他貓狗甚至老鼠蟑螂的屎尿味。這時，忠仔為了緩和自己的緊張情緒，做起導遊來：

「傻狗，這是消防喉，用來救火的。」

唉，叫他別叫我做狗，不要將我和普通的「四腳仔」相提並論，我們特警部隊全是「犬」，警犬，不是警狗！他老哥總是忘記，尤其是他忙亂之時。

為了記認巡邏路線，我翹起左後腿，在上面撒了尿，通知其他警犬兄弟姊妹和街狗我來過。

「汪！汪！」又一個藍色的桶型物體，傳出陣陣惡臭，上面還在冒煙，訓諫中我學過，有煙即是火警，我倏地緊繃全身，高高昂起頭來，望着陳 Sir 通報：

「汪汪，有火，有火，要救火！」

怎知陳 Sir 不會意，還取笑我説：

「傻狗，這是垃圾桶，上面有些燃燒冒煙的煙蒂，難怪你以為是火警。好，也算夠醒目，記一功。」

唉，又來了，又來了，開口狗，閉口又是狗，陳 Sir，你真真……「好狗」！

「汪！汪！汪！汪！」

馬路旁一條高高黑黑的瘦個子，樣子好恐怖呀，頭上兩隻眼睛竟然不是左右對稱而是上下直排的！更恐怖的是上面一隻眼紅色，下面一隻卻是綠色！紅色閃亮時綠色那一隻會變黑，到綠色閃亮時紅色那一隻便變黑。這到底是什麼東西？我害怕得擠向陳 Sir 往後退。

「你這鄉下妹，大鄉里出城呀？這是行人交通燈，指示行人過馬路的呀，連小朋友也知道紅公仔閃動是停，綠公仔亮起是行呀。正超級鄉下妹！」陳 Sir 出言嘲諷，還吩咐我說：

「喂，別吠個傻兮兮好嗎？」

我垂下頭，有點洩氣，超級鄉下妹？我堂堂警犬，大街大巷，大庭廣眾被奚落，超級鄉下妹？我像嗎？

就在這時，我看見街角一條流浪狗，正在垃圾桶旁找吃的。

「汪，你好嗎？」我故意和他打招呼，免得繼續聽陳 Sir 的囉嗦。

說時遲，那時快，那條「生滋」流浪狗突然撲上前，對着我和陳 Sir 狂吠，還齜牙咧嘴表示挑釁。我連連後退，溫和地對那傢伙說道：

「你不要緊張，我們是警察。」

「哦，警察？警察又怎樣？警察就了不起？你是警察，那我是便衣！ CID ！」

「汪！你是便衣警察 CID ？哪一組的？」

「走開！遠遠走開！休想來搶我的地盤！」

「什麼？ CID 有地盤？」

他不再理會我，卻急急就地聳身跳高，半空中轉一個身，頭下腿上，蹬起後腿，巴啦巴啦勁射出高高的尿。噢！是個男的！這傢伙，為了向我示威，為了自封為這裏的王，竟然不知害羞，當眾發「高射炮」——撒尿！

「汪！汪！汪！汪！」「生滋」流浪狗撒完了尿，又再虛張聲勢吆喝示威。

這喪狗，認真無聊可笑！

剛巧，一個路過的小孩被流浪狗的吠聲嚇得哭了起來。他媽媽憤怒得指着陳 Sir 大罵道：「你做什麼領犬員呀？為什麼不控制你的狗呀？讓他們亂吠嚇壞小朋友呀？!」

呀呀呀，明明是那隻流浪狗闖的禍，怎麼算到警犬頭上來？

陳 Sir 拿那兇惡女子沒辦法，只好喝令我說：

「SIT！」然後把狗帶叫我叼着，讓我閉口不能作聲，吃了這隻「死貓」，我氣得喉頭嚶嚶的響過不停。那隻害人害犬的傢伙卻在一旁咧嘴奸笑！

第一次出街，犬眼看世界，新奇的事物多到數不清。聽說愛美姐初次由Madam馮帶上街，也是大出洋相。看見到街上人流，害怕得躲在Madam馮後面，瑟縮不前。Madam馮收緊犬索，她畏縮地依在Madam馮身邊，任由Madam馮拖着前行。忽然路上有車響號，她便死命要向後退，要Madam馮好言安慰，才肯緊貼在Madam馮腿旁小步前行。愛美姐上街最奇怪的舉動是老愛四處張望，一看見有外國人便定睛盯着，甚至要跟隨人家走。Madam馮跟陳Sir說：

「看她，以前的主人一定是老外，外國人！」

街上途人也真奇怪，人眼看犬，反應各有不同：

有人看見我們好像見鬼般左閃右避，原來，香港其實有許多人是怕狗的。最誇張的是一個胖大嬸，一見到我，肥厚的雙手便在胸前狂拍尖叫：

「哎，拖這麼大的狗逛街，想嚇死我嘛！」

「哎喲，你這個高音肥大嬸，也嚇死我呀！汪！」

漂亮的少女們愛停步注視，對我指指點點，嘖嘖稱讚：

「很漂亮的警犬呀。」還伸出手來撫摸我。

少女們分明是愛犬愛到傻，我立即向她們伸舌搖尾，逗得她們緊握雙拳，放在下巴上，嬌聲說道：

「唷唷唷，好可愛唷！」

我連忙咧嘴伸舌傻笑，表示討好，陳 Sir 輕輕的踢我一腳，表示警告，叫我不要得意忘形。

其實，愛美是動物的天性，美少女愛美警犬，美警犬愛美少女，同美相吸嘛，還有，親民嘛，有什麼不對？我就不相信陳 Sir 不愛美女！

擾攘一番，忽然看見一隻冒失鬼朝我們的方向衝過來，「汪汪，停下來，警犬在此！」冒失鬼煞停腳步，見到我頸圈上「POLICE」的字樣，警魂甫定，喘着氣說：「汪！我要報警！我要報警！」是一隻唐狗。

「汪！什麼事？家中有賊？還是自己做了壞事被追打？」看他也戴上狗圈，還拉着狗帶，分明有主人。

「我剛坐了直升機，差點被勒死，他們簡直想謀殺！汪汪！」

「什麼坐直升機，想謀殺，語無倫次！說清楚點。汪！」我發覺他的狗帶是扯斷了的，立即提高警覺性。

「汪！好恐怖！好恐怖！」看來他真的被嚇破膽了，

一定有什麼事發生在他身上。

過了好一會，他情緒穩定下來了，才能夠比較清楚地交代「直升機事件」：原來他的主人愛用狗帶把他吊起來，然後用力擺動他的身體，讓他在上面兜圈旋轉，叫做「坐直升機」。旋轉的力度不但使他頭暈腦轉，更扯緊了那條狗帶，令他差點窒息。他奮力掙扎，扯斷了狗帶，逃了出來。

就在這時候，有兩個人，一大一小的男子從老遠跑過來。

小的大叫：「旺財，回來！」

大的呼喝：「衰狗，回來！不回來看我打死你不！」

剛坐完「直升機」的旺財一驚，拔足就跑，那男的繼續嚇唬：「衰狗，你不回來，看我不噴你檸檬汁！踩你腳趾！用狗帶鞭死你！」

嘩！簡直濫用酷刑！

我挺立路中心，高高昂起頭，張口咧齒，目露兇光，盯着追來的兩個人形物體，嚇得他們煞停腳步，愣愣的站在我前面，面無人色，不敢前進，又不忿後退。過了好一會兒，那大的拉着小的手，氣喘咻咻地說：

「小心，那警犬好像想發瘋！」

然後，一大一小，深深不忿地掉頭走了，一路上那大的還咬牙切齒地說：「那衰狗敢回來，一定亂棍打死他！」

我轉頭遠望，旺財已經走得無影無蹤了，但是，他離家出走以後，又會有什麼遭遇呢？一隻流浪狗，無人收養，沒領狗牌，又會有怎樣的下場呢？

想到這裏，我不由得打了一個冷顫，不自覺地更緊緊依偎着忠仔，仰起頭咧着嘴望向他，忠仔正斜着嘴角對虐狗暴龍兩父子冷笑，我知道忠仔也不值他們所為，於是放膽向着他們狂吠，忠仔慈愛地輕撫着我的頭說：

「正傻妹*！」兄弟之情盡在不言中。

才轉到街角，又遇到一個頑皮鬼對着我叫道：

「請請，做請請。」

他把雙手放在胸前，伸出舌頭，口裏說：

「汪汪，請請。」

看來六、七歲的他不知犬隻有許多品種，犬格有好有壞，犬性有馴有兇，有如人的一樣米養百樣人。雖說警犬是市民公僕，任勞任怨，他也不能把警犬當玩物哩！而且犬性難測，防犬之心不可無，對着森森犬齒，他豈能完全

*正傻妹：粵語方言的一種親昵說法，相當於「真是傻妹妹」。

沒有戒心？陳 Sir 怕我興奮失控，緊緊扯着犬索，我斜着眼沒好氣地看着小鬼頭，正好他的胖媽媽氣急敗壞地從後面趕上來拉他走：

「你真頑皮，小心那狗咬你！」

這位肥師奶真是的！不但誣蔑我們警犬咬人，更是犬狗不分，降低犬格！

「警犬是忠的，不會咬人！」頑皮鬼不忿地為我們辯護說。

多謝頑皮鬼對警犬的信任。

怪胎復仇記

今天，警犬訓練學校來了不速之客。

一頭少女狗，邋遢，全身散發着臭味，骨瘦如柴，鼻頭乾裂，身上還沾着乾硬的泥漬和血塊，但是，請看清楚，她其實長得很漂亮，一雙直挺的大耳朵，像雷達般掛在頭上，一看便知是一對超靈敏的好耳；一雙炯炯有神的眼睛，透露着機智與勇氣，從來就是人不可以貌相，犬和狗，也不可以單靠外表去判斷優與劣。

她昂首闊步，神態自若地走進警犬訓練學校的大門，警犬老爸看見了她，完全沒有驅趕她的意思，還若無其事地讓她跟着他走，走到大校場。

「她怎麼了？摔傷的？還是打架受傷的呢？」我 Nona 露娜心中暗忖。

她，來到我們的地頭，見到一眾正在上課的警犬，毫不怯懦，還擺出一副冷傲的樣子，既不搖尾表示友好；也無意打個招呼，認識朋友；可她亦不吠叫，顯示來意；更奇怪的是，她也不像其他流浪狗般肆意高空射尿，霸佔地盤。

她是誰？

從哪來？

她想怎樣？

一眾警犬見到她，覺得好奇，紛紛問道：

「汪，你是誰？」

「……」

「汪，你叫什麼名字？」

「……」

「汪，你是從哪來的？」

「……」

「汪，你怎樣來的？你想怎樣？」

「……」

她一概不作答，把頭高高昂起，鼻子翹起，一副不可一世的樣子。

「汪汪，你聽不聽到我們跟你説話？」

「……」

她別過頭去，不理會我們，大家拿她沒辦法，只好暗中叫她：「怪胎！」

警犬老爸從側面走近她，雙眼不和她直視，藉以向她表示禮貌的接觸，先了解她並無不安和惡意，隨即輕輕翻看她的耳朵，摸摸她的鼻頭，甚至掰開她的嘴巴，看她的牙齒。警犬老爸，您老人家也太大膽子了，您難道不怕她突然反臉無情，噬將過來？

你們看，她對警犬老爸，溫純如羔羊；任由撫摸處置，警犬老爸和她，儼如舊知交，老相識！

警犬老爸說：「你看她，體型中等，肌肉勻稱，骨骼結實，雖然是女孩子，但目光如鷹，威風凜凜，眉宇之間，有一股難以形容的英氣。還有，她的額頭中間總是擠着幾條皺紋，我看她心思細密，性格也是有棱有角，絕對忠於主人，唔，經過訓練，她將會是一頭機警、英勇、忠心盡責的警犬。哈，還可以用來配種，孕育出本地的優良下一代，節省公帑。」警犬老爸簡直對她着迷，讚不絕口。

看那不速之客，對警犬老爸亦步亦趨，就像認定了警犬老爸是老大一樣，畢恭畢敬，跟隨在側，連對警犬老爸的警察兄弟和人類朋友也都一副敬重有加的樣子。

警犬老爸會收留這怪胎做門生嗎？

「來，我給你洗個澡，再帶你去見見梁醫官。」警犬老爸說。「汪汪，哈哈，恭喜你！真的要恭喜你！」一眾小犬異口同聲轟笑道。

怪胎木無表情，看來怪胎自小流浪，從未見過獸醫，沒接受過狗隻身體檢查和防疫注射，當然更不明白梁醫官代表什麼。我們眾警犬，一聽到梁醫官三個字，犬犬心中凜然害怕，腦中隨着出現那位白衣魔頭，一身的白色，有冰冷的牀，揪耳朵、掀嘴巴、拉舌頭、扯尾巴、插肛門、翻皮毛、刺毒針的痛苦影像。這番想像，已足以令犬犬震慄不已，全身發抖。

真的，怪胎會通過白衣魔頭梁醫官的檢查嗎？警犬老爸會收留這怪胎做門生嗎？

一眾警犬圍攏着，看警犬老爸親自替怪胎洗澡：

先用水把她淋濕，再下皂液，在她身上搓揉，你看她，高高仰起頭，閉着眼，一副舒適痛快的樣子，惹得小犬們汪汪吵噪，叫道：

「汪汪，我要我要，我也要洗澡哇！」

「看你有多髒多臭！早就該洗洗哩！」警犬老爸慈愛地說。看那怪胎，後腳不聽使喚的抽動，「噗」地腿一軟，一屁股坐到地上。

「汪汪汪，哈哈哈！」

「洗完了，舒服嗎？哈哈！」警犬老爸用毛巾替她抹拭身體，怪胎竟然用舌頭舐老爸。噢，老爸臣服了她！

怪胎「噗」地站起來，奮力扭動身體，弄走身上剩餘的水珠。

「來，去見梁醫官。」警犬老爸拍拍怪胎的背說。

我們當然跟着去看熱鬧，好欣賞她飽受折磨。

「汪，喂喂，你幹什麼？」哈，終於聽到怪胎的聲音了。

「汪，哇，你揪什麼？耳朵好痛……」開始了，開始了，先揪耳朵。

「你看，牠的頭骨大而堅固，口吻緊實而短，鼻樑、耳朵挺直……」是梁醫官的聲音。

「汪，哎喲，這是什麼？好涼冰冰的……」看來，是聽筒的檢查。

「牠的胸深而肋骨發達，四肢結實而美好……」

「汪，哎喲，不要……痛死了……」唷唷，用火酒塗洗傷口了……

「這些傷口，是打架的結果，看來牠性格要強好勝，要力保領導的地位……」

「汪，住手，喔……」好哇，作不得聲，拉舌頭了，拉舌頭了……

「你不怕牠野性難馴麼？」

「汪，哎喲，你扯什麼呀，你……」哈哈，扯尾巴了，扯尾巴了……

「雖然牠是流浪狗，幸好沒有寄生蟲……」

「汪，喂呀，你插什麼呀，你……」哎喲喲，痛呀，插肛門了，插肛門了……

「汪，哎喲，你刺什麼呀，你……」刺毒針了，刺毒針了，看你害怕不？

「汪，哎喲，你又刺……」一支、兩支……簡直要你的命吧！怪胎在醫療室每慘叫一聲，眾警犬在外便哄笑一團，旁述一番。

哼，高傲得不可一世？

「噗」的一聲，醫療室的門開了，我們還聽到怪胎悻悻然，說了最後一句話：

「汪，這……這……簡直是大恥辱……那白衣魔頭……」

唉，去到醫療室，見到梁醫官，你還想有尊嚴嗎？

「應該收編這頭流浪狗嗎？」眾警官一直在討論這個問題。

這期間，警犬老爸還嘗試讓她和我們一起受訓。

怪胎自有她「怪胎」的本色，她本來就是一頭流浪狗，論年齡，她只是一頭少女狗，但因為自小流浪，沒有主人教養，所以不羈；為了生存，所以強悍，能以弱制強，也欺凌弱小，這些本性，難免會逐一顯露。而她最痛恨的，就是讓犬瞧不起。

怪胎自把自為，霸佔着校場旁邊一個矮土墩，坐在上面，背着圍牆，面向校場，一雙如鷹的犬眼，牢牢盯着場內一舉一動，這分明是守衛地盤的格局。微風送來尿液的氣味，看來，她已經在土墩下撒尿，要「霸佔」地盤了！

這是警犬訓練學校，她一頭外來狗，身分不明，憑什麼佔地揚威？我們當然不服氣。

「你，夠狗膽，居然在我的地盤上撒尿！」

「鬈毛長耳的，別不知好歹！」怪胎尾巴抖抖的翹得老高，擺明挑釁。怪胎洗完了澡，精神爽利了，開口說話了，罵的是搜爆一哥 Jeffrey 大飛。

「你如果聰明的話，就快讓開！」誰都知道，矮土墩是 Jeffrey 大飛哥閒來曬太陽的地方。

「汪汪汪」怪胎的聲音由低嗚轉為怒吼，尾巴垂下，背脊毛髮豎起，皺起鼻頭，露出了前排尖牙，只要她縱身一躍，一場戰鬥就會開始。

搜爆一哥 Jeffrey 大飛脾氣不好，但機靈老練，個性也陰險，深明好男不與惡女鬥，以免一有損失，在同袍面前丟臉的道理。

一眾警犬不喜歡 Jeffrey 大飛的囂張跋扈，但更不喜歡怪胎的目中無犬，不接受怪胎不知規矩，沒大沒小的，大家決定要一致——

「冷落怪胎」！

「孤立怪胎」！

「詛咒怪胎」！

大家決定冷落她，孤立她，不理睬她，不和她說話，也不許任何犬接近她，更不會讓她有機會參加犬科最愛玩的追球遊戲。

「怪胎！」

「怪胎！」

「怪胎！」

……

大家就是這樣的稱呼她、揶揄她，表示鄙視。

怪胎若無其事，對大家叫她的諢名置若罔聞，繼續以奇怪的、不清不楚的身分，在犬校走動，兄弟們還不時安排她參加訓練活動，氣得眾犬忿忿不平。

不平歸不平，但每天下課回到犬舍都有一頓好吃的，就是最大的安慰。

忽然有一天，Jeffrey 大飛和 Tyson 泰臣發現他們的犬兜內空空如也，食物全失！

但 Jeffrey 大飛的 Madam 周和 Tyson 泰臣的姚 Sir 並沒察覺，帶他們回犬舍後匆匆上好了閘栓，轉身便離去。

「汪，喂，兄弟，今天吃的呢？汪汪汪！」

可恨的是姊妹和兄弟反而頭也不回地說：

「不要吵，安靜吃飯。」眼睜睜看着 Madam 周和姚 Sir 走遠了。Jeffrey 大飛和 Tyson 泰臣氣得「汪汪」叫，可惜沒人理會。

牆角，傳來怪胎「嘿嘿」的笑聲。

到稍晚的時間，Madam 周和姚 Sir 回來收拾盤子，看見犬兜內食物被吃完，還稱讚他們說：「真乖！吃得又快又乾淨。」

肚子空空的，Jeffrey 大飛和 Tyson 泰臣有口難言，氣得嚶嚶低號，發出悲鳴的肚餓信號時，卻換來兄弟一句：「沒有哇，吃得太飽，壞了肚子，怎樣出更？肚子胖了一圈呢，又怎樣捉賊？不要貪吃了，睡吧！」

「哎喲，汪汪，兄弟呀，食物不見了，我們肚餓呀！怎睡得着覺呀？」

第二天，輪到洛威那 LokLok 樂樂、黑金剛拉布拉多獵犬 Owen 奧雲和 Tango 彈高，這「黑煞三王子」的飯兜空空如也。

「黑煞三王子」是出名的戰鬥格，誰跟他們鬥，都難佔上風，誰有膽偷去他們的食物？

「黑煞三王子」氣得咬牙切齒，立誓說：

「讓我們查到是誰做的，我們一定撕開他！」

咦，他們不是跟怪胎拌過嘴的嗎？

這種事，以前從未發生過……我 Nona 露娜心中暗暗有個「疑犯」的假設。

我看，快要輪到 Epson 阿爽和 Baggio 小巴這兩小子遭殃了……他們沒真正跟怪胎交鋒，只是曾經吶喊，看來也是容忍不得的。

果然，第三天，就輪到他們挨餓……

怪胎復仇？怪胎貪吃，食量大，什麼都吃，我 Nona 露娜猜想她可能趁我們集訓未回營，先去殲滅「仇人」的晚餐，於是我走去問她為什麼要這樣做。

她直認不諱：「懲罰那些惡舌，嘴不乾淨，還吃什麼？」難為她的肚皮，一次怎裝得下幾盤狗糧？

她精力奇盛，整天奔跑，什麼都追，四條腿總停不下來，校場上出現什麼，天上雀鳥、樹上蝴蝶、空中落葉、地上蟑螂……她都狂逗一番，如此費勁，當然要吃多點。

她最厲害的一手是追蟑螂，一見到蟑螂，會先下警告：「小強，嗨，你不要跑，我來捉你！」

哼，如果學她般捉賊先下警告，賊匪早已逃之夭夭了！可笑的是先下警告，蟑螂還是跑不了，狗爪一出，先將蟑螂肚皮反轉，再慢慢逗弄…

警犬老爸終於發現，警犬近來特別煩躁，晚上睡不安寧，發出低嗚，警犬老爸心中納罕：

「最近又沒有行雷閃電等令警犬躁動不安的情況出現，小犬們為什麼表現異常呢？」

我們知道真相，但是犬和人言語不通，怎樣才可以通知警犬老爸和兄弟，引起他們注意怪胎呢？

犬狗間尚且難以溝通，更何況犬跟人呢？

「警犬的躁動，好像由流浪狗到來後開始。」第一個發現問題的是 Jeffrey 大飛的領犬員 Madam 周，這個當然，Jeffrey 大飛是第一頭挑釁怪胎的。

討論到後來，仍然沒有結論。

這一天黃昏，警犬老爸帶着我 Nona 露娜在犬校散步，空氣中送來怪胎的氣味，我抬鼻一索，就鎖定了犬舍的方向，我用犬齒扯着警犬老爸的褲管，警犬老爸知道我有事相告，跟着我直趨犬舍。

在 Epson 阿爽的犬舍，看到怪胎正狼吞虎嚥，警犬老爸不動聲息，和我在牆角轉角處靜觀怪胎舉動。

接着，只見怪胎走到 Baggio 小巴的犬舍，用前腿頂開扣在閘門上的鎖，走了進去，鯨吞盤中犬食。

怪胎果然心思細密，今天，Epson 阿爽和 Baggio 小巴不過取笑過她連小強也追不到的糗事，黃昏，她便依氣味走到二犬的犬舍搗亂。

真相大白，警犬老爸要重新認真考慮怪胎的去留了。這一天，一位南丫島議員來視察警犬訓練學校，無意中看到盤據在土墩上的怪胎。議員住在南丫島上，對島上的人和物都很熟悉。

「咦，這不是南丫島的狗幫幫主嗎？怎的來了這裏？」議員如有大發現般，瞪大眼睛說。

「這麼年輕就做了幫主？以狗齡來看，她還是少女呢！」警犬老爸嘖嘖稱奇。

南丫島最近出現了神秘「狗殺手」的事，我們早有所聞。神秘「狗殺手」嫉狗如仇，出沒無常，專門落藥毒狗，島上，已經有超過二十隻狗中毒身亡了，有主人的、流浪的，都遭毒手，可沒有人知道「狗殺手」是誰。怪胎聰明強悍，以實力震懾羣狗，成為南丫島上的流浪狗幫主，沒人飼養，但有自己的家族，一向聚族同居，自生自滅，可是在一次毒狗事件中，她的家族慘遭滅絕，只剩下她一犬。

「有人看見她走上去市區的船，猜她怕中毒，不敢隨便吃街上的東西，但又實在餓得不能忍耐了，所以離開南丫島，出外覓食吧。」議員說。

「哦，原來是這樣，」警犬老爸恍然大悟，「她也真聰明，不知如何輾轉來到沙嶺，出現在學校門口，讓我發現了，帶了進來。」警犬老爸說道。

啊，真相大白了。怪不得她貪吃，食量大得驚犬，如生了幾個胃，因為她餓得慌了，今天吃了，不保明天還有得吃，只好拚命鯨吞。

怪不得她孤獨、孤僻、沉默如金，因為她沒有親人、沒有朋友，幫主地位一朝喪，深受打擊，覺得什麼人都信不過，都懷疑他是「狗殺手」。

怪不得她仇恨心那麼重，永遠緊蹙眉頭，以致少女之齡，額頭中間卻露出深深的直紋，因為她的家，瞬間被滅族，她怎不仇恨滿腔，存心要復仇？來到這，得罪她的都是仇人，她要用讓仇人沒得吃來報復。

唉，好笑麼？這報復方式？

可恨麼？這滿腔仇恨的「怪胎」？

可憐麼？這「怪胎」的遭遇？

怪胎真的「怪胎」麼？

聽完了這故事，一眾警犬也不知道今後如何面對她了。只有 Tyson 泰臣，仍咬牙切齒地說：「有什麼大不了，有什麼大不了，狗臉歲月，狗臉歲月。」

我 Nona 露娜很理解 Tyson 泰臣，他嫉惡如仇，又仇恨滿腔，永遠看犬看人不順眼，這性格，注定他一生不快樂。

Jeffrey 大飛也加嘴說：「汪，怪胎，怪胎，還是趕走她的好！」唉，Jeffrey 大飛心胸狹窄，只有自己，容不得他人，我 Nona 露娜想，這性格，也令他一生不快樂。

沒有愛的成長環境和自我養成寬大的心，犬和人，都有可能成為「怪胎」！

到底「怪胎」有沒有名字？

如果有，我就不用再稱她「怪胎」了。

生活故事篇

狼狗的爪與媽媽的手

爸媽大不同

爸爸在相距二十呎外的小山坡上揮手呼喊着，讓我們知道他的所在。我也起勁地向爸爸招手，示意他等等我。剛才如果不是停下來喝水，我早已和爸爸同步前進，還會落後這二十呎嗎？！

爸爸生得高大英俊，兩腿邁開，站在山坡上，陽光從他的背後射來，更顯得他英偉不凡。我從小就最崇拜爸爸，他學識豐富，為人爽朗，從不囉嗦我這樣那樣。他更是運動健將，行山、打球、游泳、駕風帆……樣樣皆能。難得的是他精通電器，家中的電腦、電視、音響、電燈，甚至廚房的雪櫃、焗爐、洗衣機……任何一樣電器損壞，一經他的手，便修理妥當。媽媽常說，正因他一雙神奇的手，那座洗衣機竟然用了十八年之久！

媽媽呢，生得嬌小柔弱，雖然學歷也不低，但運動項目，卻沒有一樣及得上爸爸。打球麼，永遠輸給爸爸；游泳、行山麼，更是慢吞吞的一個。其實，我也不是看不起她什麼，我只是不喜歡她的囉嗦長氣，一會兒說我吃飯速度慢，浪費時間；一會兒又說我做功課不專心，成績不理想；更討厭的是她專橫無理，天微涼便要我加衣，下微雨便迫我帶傘！我今年十二歲了，六年級大男生，在學校裏讀最高班，卻被她「壓迫」得像個小女人，更悲慘的是被同學取笑我是「裙腳仔」！換了是你，生氣不生氣？

人有三急

想到這，不知是不是因為滿肚子氣，忽然響屁不止，肚子還抽搐起來！糟了！我知道自己要拉肚子了，哎，廁所呢？廁所呢？我急得團團轉，要找廁所。唉！在這荒山野嶺，又哪裏會有廁所呢？啊！爸爸不是說過前面有個村落嗎？

忍耐、忍耐、忍、忍、忍……

哎喲！哎喲！不行了，要拉啦，要拉啦……

這時，媽媽剛好趕至，見我左腿疊右腿，夾着褲管的樣子，立即會心微笑，二話不說，迅速地從背囊中抽出一疊報紙和一個膠袋，提議我到灌木叢後面解決。她自己呢，不用請求，不用提醒，自動自覺地站在路邊替我把風。

「噢！好舒服！」我舒了口氣，站起來，穿好褲子，拍拍手便想離開，怎知媽媽一個叱喝：

「慢着！這樣便想走麼？先收拾乾淨。做人怎可以這樣缺公德心的呢？」

「哼！公德心，公德心，誰不知道做人要有公德心！但這是郊外嘛，垃圾桶不見一個，叫我收拾到哪兒呢？哪有人像她這樣死板，不知變通的？!」我不服氣地嘀咕着，一邊埋怨媽媽待人苛刻，一邊無可奈何地收拾好報紙和膠袋，提着那袋「東西」四處尋找垃圾桶。

就在這又臭又穢又狼狽的情況下，我的耳邊忽然響起了幾聲狂吠，猛抬頭，一團黑影已躥將過來。

嘩！大狼狗！

一隻棕色的，是全身棕色的大狼狗！正飛身向我撲上來！

我嚇得目瞪口呆，雙腿顫抖，不知所措，雙手則本能地往前亂掃，膠袋連裏面的東西便脱手向對方飛去。

在這千鈞一髮之際，我只覺得身體被一股大力往後拉去，接着，只見人影一閃，有人倏地擋在我的前面，這時，大狼狗剛好撲到，把一雙前腳擱在那人肩上，好傢伙！站起來比那個人還要高！

大狼狗帶着滿臉的糞便，對着她狠皺眉頭，目露兇光，先是齜牙咧嘴，繼而張大嘴巴，露出尖鋭恐怖帶濁黃的陰森森的犬牙，還伸出舌頭，大力地噴着氣，噴得那人滿臉、滿胸都是唾液。那大狼狗的口氣，加上我的排洩物，實在，實在臭不可當！

哎！可不就是媽媽？！

媽媽身處險境，身無寸鐵，臉色刷白，被嚇得目瞪口呆，全身震顫，一動也不能動。

我急得扯大嗓門哭叫起來：「救命呀！救命呀！」

我的心中多希望高大英偉威武不凡的爸爸，能夠像鐵甲威龍超人蝙蝠俠蜘蛛俠特警隊恐龍戰鬥隊龍珠悟空般出現，可惜他沒有……

「旺財！過來！」一位叔叔從樹叢中走出來，大聲呼喝道。

那隻大狼狗卻充耳不聞，繼續向着媽媽張大口噴氣。

我看見眼淚已在媽媽的眼眶中滾動，我自己呢，早已哭聲震天了。

「旺財！還不過來！」叔叔厲聲吆喝。

此時，大狼狗才悻悻然地將豎起的尾巴放軟下來，再用一隻前爪在媽媽肩上作勢抓扒幾下，然後才慢條斯理地將一雙巨掌從媽媽肩上抽回去，他這幾下動作，嚇得我肚子又想痙攣起來。

「你沒事吧？對不起，把你嚇着了。」村民叔叔一邊吆喝他的大狼狗，一邊慰問媽媽，但媽媽已被嚇得魂飛魄散，臉色慘白，雙唇打顫，呆立當場，不知反應。我撲上去，將她摟着，她全身顫抖，牙關響扣，我死命地搖着她叫道：「媽媽！媽媽！」

村民叔叔大概覺得媽媽會沒事吧，吆喝着他的大狼狗走了，留下顫抖不停的母子倆，羣山寂寂，青草蔓蔓，我忽然有一種從未有過的，很淒涼、很淒涼的感覺，眼淚不受控制地涔涔淌下。身手矯捷，高大威猛的爸爸，您在哪裏？

嬌弱勇敢，冒險相救的媽媽，您怎麼了？

好久，好久，媽媽驚魂甫定，一定過神來，一邊擦目拭淚，一邊忙着柔聲安慰我說：「小聰，你沒事便好了！乖，媽媽在，不用怕。」

哭泣的男孩

我的眼淚更不受控制地簌簌掉下來，許久了，我沒有再在媽媽面前撒過嬌哭過，這時，我不顧一切，撲到媽媽懷裏，傻了似的，邊哭邊笑邊說：

「媽媽，我沒事。」

「媽媽，您真勇敢。」

「媽媽，我愛您！」

「你這傻孩子，媽媽、媽媽的直叫，叫得我心也慌了。來，我們趕快找爸爸去。」

媽媽拖着我的手，母子倆望着那邊撒在地上的一堆堆……哈哈，沒法啦，就讓它溶到大自然的泥土去吧。

　　這時，爸爸在遠處出現了，招手叫我：

　　「小聰，快過來，看看我捉到什麼！」

　　「不！我要和媽媽一起，您等等吧！」我拖着媽媽的手說。多少年了，我已經沒有拖過這隻熟悉的、溫暖的、愛我的手！

我愛光頭仔

小弟弟真討厭

「哇！哇！哇！」

小弟弟討厭的哭聲又響起來了，吵得人沒一刻安寧，每天放學回家，耳中就充斥着他哭喊的聲音。已一歲半的人兒了，還是餓又哭，渴又哭，睏又哭，醒又哭，濕又哭，熱又哭，簡直吵得人心煩意亂！家中地方狹小，睡覺、工作、讀書、吃飯都在這一丁點的空間，我還可以躲到哪兒去？

唉！明天測驗，那些課文，已記得我頭昏腦脹！我好端端的正在用心溫習，這小鬼頭就哭起來，本來正在廚房忙碌着的媽媽，一聽見他的哭聲，便會立即丟下工作，走出來抱起他，又搖又哄的。

我斜着眼瞥着一切，陣陣酸意不禁泛上心頭，我不開心，我遇到困難，媽媽何曾這樣緊張，摟我哄我？有時我呼喚她幫忙點什麼，她也總是推搪的説：「你不見麼？我沒空！」可是弟弟呢，他一哭，媽媽便放下手中的一切去看顧他。

最惱人的是媽媽總愛偏袒弟弟！上學年，她說我考試成績好，買了部我渴望已久的電子遊戲機 Play Station 送給我。那天，我正玩得興致勃勃，小鬼頭卻伸手來搶，我當然不肯遷就，小鬼頭便拉開嗓門，肆意地哭叫起來，正在發電郵給爸爸的媽媽，一心想息事寧人，很不耐煩地要我讓他，我不肯就範，還嘰哩咕嚕的說了一大堆不服氣的說話，結果惹怒了媽媽，拍起桌子向我大罵，我氣得哭起來。媽媽見我哭，罵得就更兇，更將我的遊戲機沒收。那可惡的小鬼頭呢，這時反而不哭了，瞪大了眼睛，看着我受罪！

晚上，媽媽將遊戲機還給我，溫言婉語地勸戒我要愛護弟弟，她說爸爸在外地工作，她的壓力很大，實在不願意看見我常常為一丁點小事跟不懂事的弟弟嘔氣。可是，媽媽，您要知道，遊戲機是您賞給我的禮物，已送給我的東西，又為什麼要我讓出來？而且弟弟根本不懂得玩遊戲機啊！媽媽，您為什麼也不教教弟弟不要搶一些不適合他的玩具呢？還有，媽媽，遊戲機跌在地上會損壞，我怎麼放心讓弟弟把玩呢？

那天，我獨個兒哭了許久，媽媽卻像全不知情似的，她根本就沒有將我這個十歲的女兒放在心上！我失望，失望媽媽對我的忽略和對弟弟的偏袒；我嫉忌，嫉忌弟弟奪去了媽媽對我的關懷和愛！我恨極了，乘媽媽不察覺，悄悄地走進廚房，將一小滴辣椒油塗在小鬼頭的奶嘴上，「哼！一會兒你啜奶嘴，有你好受的！」我不忿地想。

開心快樂天

今天放假，意外地，媽媽竟然提議去泳池游泳，我開心極了。自從半年前爸爸去了內地工作後，媽媽便沒有帶我們出外玩耍，今天難得媽媽有空，天氣又熱得難受，能跳進水中暢玩，是多麼好的享受啊！

池中，小弟弟圈着泳具，兩眼笑得瞇成一線，伸出胖胖的小手撥起水珠，胖嘟嘟的小腿踢呀踢的，嘴中還不時發出「嘻嘻」、「哈哈」的清脆笑聲。

唉！這小不點又實在趣致可愛，我以前雖然惱他，但現在看見他這小天使般的模樣，也禁不住捏他一把，吻他一下，小東西竟然兩手一伸，向我撲來，叫道：「姐姐，抱抱。」我被他逗得樂極了，摟着他在水中團團轉，菊花

園……

慘劇的發生

黃昏，大家都玩得很累了，媽媽替弟弟抹乾了身子，然後用背帶背起他。我在低頭收拾衣物，忽然，「砰」的一聲巨響，地亦隨之一震，接着是一陣驚心動魄的哭聲，抬眼一看，媽媽背上的背帶空空如也，弟弟則跌卧在泳池邊，後腦着地，哭青了臉。只見媽媽驚惶失措地俯身抱起他，拍着他的背安慰他，弟弟「哇！哇！」的哭了數聲，忽然不哭了，再看，奇怪，竟沉沉地睡去了。

池邊的泳客，聽見「隆」聲巨響，都紛紛停下腳步，定睛地望着我們；在水中的泳客也伸長脖子看熱鬧。沒有人來慰問一句，也沒有人表示可以伸出援手，連坐在池邊的救生員亦懶洋洋的一副愛理不理的神態。我拖着驚魂未定的媽媽的手，默默地離開。這一次，我覺得我們一家人是這樣的親近。

回到家中，弟弟仍然沉睡未醒，家中出奇地寧靜。沒有弟弟的騷擾，我還可以和媽媽一邊吃飯，一邊聊天，我們許久沒有這樣親密了，我感到無以名狀的愉快。

晚飯後，我在燈下做功課，屋中一點聲音也沒有，我反而有點不習慣，還奇怪地記掛着小傢伙。最後，我終於按捺不住，去輕搖熟睡中的他，咦，怎麼沒反應？我搔癢他的腳板底，噢，怎地仍然沒反應？我於是大力地推他，糟糕！還是沒有反應。我立即大聲呼喚媽媽。媽媽見弟弟的嘴唇變黑，心知不妙，眼眶兒倏地紅了，立即抱起弟弟，趕送醫院，出門前在身後拋下幾句話：

「留在家中，小心門戶，我們一會兒便回來。」

獨自在家中

我獨自一個人在家，做完了功課，玩完了遊戲機，看過了電視，媽媽和弟弟仍然未回來。屋中的大鐘「叮噹！叮噹！」響了十二下，對面大廈的電燈一戶一戶的熄滅，大廈變成黑黝黝的龐然怪物，我不期然地打了個冷顫，燈也不熄，跳上牀去，用被子蓋着頭。媽媽不是説很快便會回來嗎？為什麼這麼晚了仍然不見人？連電話也沒一個？我撥她的手提電話也不接聽？

矇矇矓矓中我睡着了，半夜，發了一個噩夢，夢見一隻青面綠眼獠牙長髮的魔鬼要來抱走弟弟，弟弟「哇哇」

的大哭，我死命的拉着他的腿，大叫：「不要！不要！」然後，我從噩夢中驚醒，只見屋中四面灰白白的牆，燈沒有熄滅，牆上映着我孤伶伶的影子，媽媽仍然未回來。我瑟縮在牀角，用被蓋着頭，害怕得啜泣起來。

好不容易熬到天亮，我從未試過這樣擔心弟弟，惦念媽媽。這時，電話響了，那邊傳來媽媽嗚咽的聲音，叫我自己穿校服，小姨會買來早餐，和送我上學去。我知道一定是弟弟出了事，媽媽才不能回家，但我又不知道該說些什麼話安慰她，只是抓着電話筒哭起來……

這一天，我那是上課？我忐忑不安，失魂落魄，心中像十五隻吊桶般七上八落，雙手不停地搓着裙子的兩角。每想到弟弟，鼻子一酸，眼眶一熱，眼淚就要掉下來。我緊握着拳頭強忍着，我不要同學發現！我不要老師知道！

放學回家，見媽媽已經回來，正在收拾一些衣物和日用品，一邊收拾一邊淌淚。才一晚嘛，媽媽已眼眶深陷，眼皮浮腫如核桃，愁眉緊鎖。見我回來，低聲地告訴我說：「弟弟要留院觀察，可能過幾天才能回家，這幾天我要在醫院陪伴他。」

誠心的禱告

這時，小姨預備了午飯，媽媽當然食不下咽，匆匆忙忙地走了。對着飯菜，我也毫無胃口，淚珠兒總在眼眶中打轉，腦海中老浮現小弟弟可愛的憨態。打開功課簿，豆大的淚珠便直淌下來，和簿上的字融成模糊的一片。想不到，弟弟不在，我竟然自己弄污了功課簿！我驟然放下筆，走到窗前，「噗」的一聲跪下來，第一次這樣誠心地合起掌來，對天禱告：

「天父，請您保佑弟弟平安吧！」

聽人家說，幸運星可以帶來幸運，我拿出手工紙，彩色的，是班主任獎給我的，我一直藏着，捨不得用。現在，我便用來摺幸運星，每摺一顆，許一個願：

「弟弟，我希望你平安無事，快快回家吧！」

「弟弟，我不再罵你弄污我的功課簿了！」

「弟弟，我以後不會再給你啜辣椒油了！」

「弟弟，我不再笑你撒尿尿了！」

「弟弟，我讓遊戲機給你玩吧！」

「弟弟，只要你平安回家，什麼都可以了！」

「弟弟，……」

愛心女神與蟑螂

茵茵從小就是一個充滿愛心的女孩，處處表現她過人的愛心。升上小學了，她對小動物、小昆蟲，甚至植物的愛心不但沒有減弱，反而加強。因此，同學們為她起了個別號：

「愛心女神」！

這天，婆婆正在清潔廚房，忽然發現有一隊螞蟻，正在廚櫃邊爬行，運送糧食，婆婆咕嚕地說：

「家裏執拾得這麼清潔，那裏來了一窩螞蟻？」本來在廳中做功課的茵茵，立即拋下筆，跑到廚房。

「婆婆，不要……」

她話還未完，婆婆已將盆中的水倒去，轉眼間，螞蟻和水都被沖到水溝中，了無蹤跡，茵茵禁不住哭起來：

「婆婆，你為什麼這麼殘忍，殺死這麼多螞蟻啊！」

婆婆覺得奇怪：

「螞蟻常在不潔的地方爬行，容易帶菌，影響家居衛生，為什麼不消滅呢？」

「牠們也是有生命的，你知道嗎！你殺死了許多條寶貴的生命呢！」

老人家説，螞蟻出現的季節，也是蟑螂出沒的時候。

這天晚上，茵茵正在睡覺，忽然手指上一陣劇痛，痛得她從夢中驚醒，大叫起來，把手一甩，聽到有東西摔在地上的聲音。這時，爸爸媽媽也聽到她的叫聲，跑到她的房中來，開了燈，只見一隻有二吋長的大蟑螂正在地上敏捷的翻了身，迅速地爬到牀下去了。茵茵摟着媽媽，她的食指指頭被咬去了一片皮，雖然沒有流血，但不見了皮的嫩肉已足以令嬌柔的茵茵哭起來。

媽媽説：

「蟑螂帶菌，會傳染疾病，要用黃藥水消毒才行。」

黃藥水滴在傷口的滋味不好受，茵茵不禁連聲「哎喲！哎喲！哎喲！」的叫了起來。

見了茵茵的模樣，爸爸媽媽反而笑了起來。

媽媽撫着她的頭問：

「茵茵吃了東西忘記洗手是嗎？」

爸爸怕關燈後，那隻蟑螂又再來咬茵茵，便想盡辦法，要把那可惡的傢伙趕出來。果然，那傢伙倏地竄出來了，爸爸眼明腳快，一個箭步搶前，一腳踩上去，踩得牠頭破肚裂，茵茵被這殘暴的鏡頭嚇得目瞪口呆，卻只見爸爸若無其事的找來舊報紙把蟑螂屍骸包起，丟到垃圾桶去了。

被蟑螂咬痛，再有愛心的小茵茵也沒有辦法對這壞傢伙有所偏愛，雖然媽媽說蟑螂是害蟲。但對爸爸用這樣「殘忍」、「殘酷」、「冷酷」的手段消滅牠，我們的「愛心女神」當然覺得滿不是味兒。

第二天，剛好是星期天，婆婆知道昨晚的事，便提醒大家說，夏天一到，家中的螞蟻、蟑螂不免多起來，尤其是鄰居那戶人家，最近請來清潔公司，全屋上下噴 DDT，把蚊蟲鼠蟻趕盡殺絕，結果呢，死不去的都爬到這邊來，因此提議家中也要用點殺蟲水，不然，真的要和螞蟻蟑螂同居，做親密的朋友了。

爸爸媽媽知道用殺蟲水無益，因殺蟲水是一種化學物質，不但污染環境，還會傷害人的體質，所以家中沒有購買任何殺蟲藥。婆婆雖然提議，沒有人表示贊成，她也就不了了之。

就在當天傍晚，天氣有點翳焗，茵茵一家人正準備吃晚飯，忽然燈下有黑影掠過，伴着微細的「簌簌」聲響，大家轉過頭去，嘿！不知從哪裏飛來一隻大蟑螂，比上次咬茵茵的那一隻還要大，牠忽而振動翅膀，忽而在廳中盤旋，看得人眼花繚亂。

婆婆說：「殺蟲水！用殺蟲水一噴牠就死！」

媽媽反對：「不能亂噴，家中人齊，飯菜又擺滿一桌，在這種情況下用殺蟲水不安全！」

每個人七嘴八舌，只有公公最冷靜，悄悄的走到廚房取來煲蓋子、鍋蓋子等，把飯菜都蓋好，看他們準備採取什麼行動。

正一籌莫展之際，忽然「簌簌」聲響，從窗外又飛來一隻！看來天氣有些反常，想窗外渠邊不知有多少這類傢伙在爬行着！

媽媽提議先關起窗子想辦法，聰明的茵茵已不知從那裏弄來幾個透明膠袋，一人一個，實行比賽「生擒飛蟑螂」！

説時遲，那時快，其中一隻傢伙好像故意向爸爸挑戰，最後降落在飯桌邊，對着爸爸，狂舞觸鬚，爸爸一個飛身，手起袋下，倏的把牠罩住，任得牠在袋中怎樣掙扎，再也逃不掉。

對付了一隻，卻失了另一隻的蹤影，大家都知道那狡猾的傢伙仍在屋內，只是不知竄藏在哪個角落罷了！

就在大家把碗碟收拾到廚房之際，赫然發覺牠正伏在垃圾袋邊，公公一聲不響，拿起膠袋，躡手躡腳的行近牠，不慌不忙，手一伸，把牠攫在掌中。

茵茵驚叫：「公公，小心！牠會咬你的！」

公公呵呵的笑：「茵茵，兩隻蟑螂都捉住了，又不可以用殺蟲水，又不能拍死牠，你説説，怎樣處置牠們好呢？」

茵茵眼珠一轉，立即想出好主意：「我想用一個箱子養着牠們，作科學觀察，看看牠們的生活情況。」

好一個堂皇的藉口，為之愕然的大人們再也想不到什麼理由去禁止這小鬼頭「養蟑螂」！

茵茵雖然是小孩子，但爸爸媽媽的教育方針，是在合理而又安全的原則下，尊重她的意見。「養蟑螂」作科學觀察嘛，怪是怪了點，但正好利用這機會，來刺激一下她的好奇心和觀察力。

於是，爸爸為她找來一個有蓋的透明盒子，在盒上扎了兩個小孔透氣，把兩隻蟑螂放了進去，把盒子蓋好，放到露台的一個角落去。

公公婆婆從藥房裏買來了硼砂，灑放在廚櫃角落，這樣可以驅走螞蟻蟑螂。兩個星期以來，家中再也不見螞蟻蟑螂的蹤跡，而在這段期間，茵茵天天忙於功課和測驗，也忘記了膠盒中的兩隻「囚犯」。

一天，婆婆忽然大叫起來：「你們快來看啊！」

大家不知發生什麼事，一起擁到婆婆叫喚的地方，一看之下，不約而同「啊！」的叫了起來，全身毛管直豎！

你道是什麼一回事？是……那兩隻蟑螂……死了嗎？……不！……是……整盒蟑螂！

這兩個星期以來，沒有人飼餵過牠們，沒有水，沒有食物，牠們竟然在可以不飲不吃的情況下繼續作驚人、駭人的繁殖。

有多少隻？誰有心情和本領去細數呢？

爸爸問茵茵：「你打算怎樣處置這些蟑螂呢？」

茵茵早已被這可怕的景象嚇得心房「卟卟」的跳，手足無措。

媽媽說：「蟑螂常在污穢的地方爬行，身上帶有細菌，容易傳染疾病，為了保障家中衞生和家人健康，我想，一定要消滅牠們才是！」媽媽說的也是保護環境的論調。

茵茵看看曾被蟑螂咬傷的手指，再望望那羣醜陋的傢伙，她的愛心動搖了：「愛心不是適用於每一種生物吧？」茵茵終於立下決心：「好！就將牠們消滅吧！」可是，事到如今，怎樣才能殺死牠們呢？

公公婆婆一聲不響的走進廚房裏，爸爸卻在工具箱中取出尖錐子，在膠盒子蓋上多扎了許多孔，這時，公公婆婆已取來沸水，把沸水倒在盒蓋上，沸水便沿着小孔注入盒中，整整五分鐘，所有蟑螂才全軍覆沒。

茵茵終於呼了口氣，但她仍然未想通的是：到底蟑螂有沒有生存的權利？牠對自然生態的平衡有積極的作用嗎？蟑螂繁殖力這麼強，生命力這麼堅韌，世界上到底有多少隻蟑螂存在？在家中對蟑螂趕盡殺絕算得上是沒有愛心的行為嗎？有愛心的人，該連人類公認的「醜陋、污穢、有害」的蟑螂也要愛護嗎？

傲慢與偏見

「頭髮蓬鬆，像頭鬆毛狗！」

「我就知道有許多人羨慕她頭髮夠多。看我，頭髮稀少，像得幾條毛似的，唉！」

「那副嗓子又尖又高，簡直刺耳！」

「聽說人家去灌錄歌曲帶和故事帶呢！」

「喂，你到底是不是我的朋友？為什麼處處幫着她？」

「哦，不是，不是，你千萬不要誤會，我不過向你報告我所知道的資料罷了。」

心怡剛巧踱到走廊轉角位，忽然聽見兩把聲音在交談着，旁邊還有其他聲音在陪着笑，在附和着。其中那把說着中傷話的聲音，不正是她以前幼稚園的同學，現在的中學同學欣怡的聲音？她們說的不正是自己？

心怡是這所著名女校的中一新生，大約幾年前，她在一所著名幼稚園就讀，自低幼班開始，便和欣怡同班，心怡對欣怡印象特別深刻，原因是幼稚園三年，各級的班主任總愛把她們相提並論，還說她們的名字接近，很容易記憶，有時叫小朋友答問題或做什麼，總愛叫了心怡便叫欣怡，或叫了欣怡便叫心怡，欣怡的姓是H字頭，心怡的姓是L字頭，所以她們的班號也很接近，在第三年，老師甚至叫她們二人坐在一起呢！

心怡是個很沒有機心、沒所謂的孩子，對於欣怡，她的態度是跟對其他小朋友一樣。可是，不知怎的，欣怡總是對她不瞅不睬，態度傲慢，嚴重時還會叫其他小朋友不和她玩。

欣怡來自一個富有家庭，自小物質不缺，上幼稚園，頭飾衣服鞋襪都是漂漂亮亮的，心怡以前並沒有注意，後來和媽媽看幼稚園學校生活照片時，是媽媽指着問她：「這女孩子每次拍照，髮型、髮飾和衣服都那麼特別，她叫什麼名字？」那時，她才知道原來欣怡是那麼突出和吸引人。

幼稚園畢業後，她們二人分別升讀不同的小學，心怡到了一所男女混合的中文小學，在那裏度過愉快而又成功的六年小學生活；欣怡則升上一所極有名氣的女子小學，還參加了學校的管弦樂團，風頭甚勁。雖然學校不同，但她們卻仍然時常見面，為什麼？冤家路窄？非也，因為她們參加了同一的童軍旅團，所以每周至少見面一次。可是經常的見面並沒有增進心怡和欣怡的感情。她們沒有吵

嘴，沒有爭鬥，也沒有誤會，只是欣怡就是經常有意無意的迴避心怡，使心怡覺得滿不是味兒。不過，心怡活動多，朋友多，和表弟妹公公婆婆一起樂趣多，和爸爸媽媽生活更是溫馨愉快多，心怡並沒有將這件事掛在心頭。

在媽媽眼中，時光的腳步太快了，更像上了鍊似的，轉眼間，心怡小學畢業，要升讀中學了，媽媽以既驚且喜的心情為心怡選了一所著名女中。就在開學的第一天，心怡便在班房中見到欣怡！

欣怡看到她，輕輕的呶了呶嘴，一點沒有舊同學相逢的親切，更在前後左右的同學耳中竊竊私語，然後大家目光一致的射過來，心怡隱隱知道是什麼回事，但心頭忽然想起了在課外書中看到的兩句話：「多一個敵人，不如多一個朋友。」所以並沒有回瞪過去，反而對她們點頭微笑。

中學生活的第一頁對心怡來說，是並不愉快的，但心怡以最大的忍耐對待欣怡，也以最大的勇氣面對一羣由小學升上來的舊生的敵意，她要以最大的智慧去結交新朋友。

真的是不是冤家不聚頭？心怡和欣怡竟然乘坐同一輛校車，漫長的路途上，心怡總是獨自一人，默默地看窗外的景物，欣怡不會和她交談，也禁止車上同班的同學和她說話。許多時，心怡的確有點孤單寂寞的感覺，有點被人遺棄隔離的難受，但每聽她們說三道四，數人長短，不免又慶幸自己不必捲入是非的漩渦，媽媽說；「禍兮福所倚，福兮禍所伏。」今天的難受，可能是樂得清靜的一種福氣呢！

事情就真那麼簡單？當有一個人對你有偏見，聯合一羣人對你有誤會，你以沉默忍耐就真的能夠消弭她們的敵意？心怡平日愛閱讀，在文字中她早就知道這社會的「真相」，但她只願意相信這只不過是成人的社會，小孩子的世界並不是那麼邪惡和悲哀的。

但心怡真的快樂嗎？絲毫不受同儕的言行影響嗎？心怡不過是一個十二歲的女孩子，需要朋友，需要被接納，需要被愛護，許多時，在學校有什麼不快，她都回去跟媽媽説，可愛的媽媽永遠勸她忍耐，説事情會有轉機。

人，基於自己的傲慢，對人有了偏見，真的就可以罷手？可以改變？

説真的，人生經驗豐富的媽媽不相信，連心怡這小孩子也不太相信，但因為她是小孩子，所以對這個世界沒有失望，她期待奇跡的出現。

「奇跡」的確出現了！

一天，班主任課上，欣怡的好朋友 Emily 舉手，說：「李心怡身為報紙組組長，但每天卻不去取報紙！」

「我每天乘校車回來時，何欣怡早已搶先把報紙搬進課室了，不是我不去取啊！」

欣怡的好朋友 Shirley 舉手説：「李心怡負責報紙，但許多時報紙都放得亂七八糟的！」

「我疊好，同學取報紙又弄亂了，難道我要時刻分秒都在疊報紙麼？！」

欣怡的好朋友 Maria 舉手説：「李心怡不負責任，不將報紙派到每個同學手上……」

這時，班主任陳老師開腔説話了：

「報紙組長只負責將報紙拿進課室，其他的事，同學也要自己負責、自律的。」

老師雖然沒有怪責自己，但在眾目睽睽下被告狀、被針對，心怡心中實在也很難受。許多時，她的眼淚會不期然要掉下來，但她強忍着。眼淚一掉下，豈非使「愛者痛，仇者快」？心怡硬生生的將眼淚吞下了。但回到家中，洪堤崩塌，她哭了一次又一次，可恨的是媽媽今天又不知搞什麼鬼，遲遲不回家。對着功課，心怡的視線模糊，心亂如麻，望着書本，讀不下；噙着眼淚，抹不乾淨……

門鈴響了，媽媽終於回來了，心怡擁着媽媽，一五一十道出事情經過，好媽媽，竟然義憤填膺，說要找班主任去，又說要找欣怡的家長去。見到媽媽的緊張模樣，心怡反而噗嗤的笑了出來，有媽媽的信任和支持已足夠了，心怡覺得自己精神的壓力擔子一下子卸了下來，眼淚也自己跑回老家去了。媽媽還不知道心怡已解除心中的鎖，竟然咬牙切齒的繼續說：

「欣怡太可惡了，以後她再用話嘲弄你、傷害你、誣蔑你，你便立即駁斥她，不必客氣！」

「那豈非變成跟她吵嘴？那不太好吧！」心怡答道。

「那你有什麼打算？」

「你不是自少教我背誦：『忍一時風平浪靜，退一步海闊天空』的嗎？」心怡反問媽媽。

「是，我還教你背：『忍之，忍之，再忍之，忍到忍無可忍之時，再忍一次，必能逢凶化吉，轉禍為福也』呢！」媽媽記性不壞，而且衝動過後仍能冷靜，真的是好媽媽。

「我就是要考驗自己的忍耐力，希望事情有轉機。」心怡立下決心的說。

被集體告狀的「奇跡」出現後，敵對的風雲並沒有繼續湧現，心怡知道，是因為陳老師已經分別接見過欣怡和她的好朋友，心怡很佩服陳老師的英明神勇，洞悉班中情勢。陳老師沒有接見她，和她傾談，但她是個聰明的孩子，她知道，陳老師並沒有怠惰，在暗中，她做了許多輔導工作。每天晚上，心怡在上牀睡覺時，她總會先想一想一天發生的事，然後內心感謝爸媽對她的鼓勵和支持，感謝老師對她的信任和幫助，她祈求天父永遠給這些好人健康快樂，也祈求天父使欣怡和同學們明白她，接受她。

上次的「奇跡」，似乎沒有造成同學對心怡的誤解，相反的，心怡即時的自辯，事後的樂觀開朗，反而使同學覺得她勇敢，不畏「強權」，不怕「惡勢力」，她在其他同學中的聲譽反而提高了。而且，奇怪地，欣怡那班人也不再對她無理挑剔或怒目相瞪，心怡覺得那本「忍字秘笈」

也真管用。

奇跡又出現了！

學校忽然來了一隻自來貓，欣怡對貓情有獨鍾，同學們都知道她家中養了大大小小四隻可愛的貓兒，有一隻四蹄踏雪，有一隻紋似豹兒，有一隻雪花點點，又有一隻尾巴捲曲，四隻的樣子各有特點，但同樣頑皮可愛，欣怡一談到貓，便眉飛色舞，一見到貓，便手舞足蹈。今天，學校來了隻貓，她的活潑、頑皮、愛心，便一一表現出來，冷眼旁觀的心怡忽然發覺，其實欣怡也很可愛，很孩子氣啊！

那隻貓忽的在窗台出現，「咪咪」兩聲，便跳下去了，接着便是「咪噢、咪噢」的亂叫，那時，已經是放學時間，大部分同學已經走了，只有小部分人留下等校車。欣怡本來就一直跟着貓兒，一見牠跳下窗台，便也攀上窗台俯視，原來小貓跳下時，被夾到樹幹縫中，一時動彈不得，欣怡大膽，想跳下去救牠，心怡情急，拉着她說：「不要，很危險！」

欣怡這才回過頭來望望心怡，心怡卻已拍着手說：「你看，牠掙扎出來了！」

「是啊！牠沒事了！」

兩個愛貓之人情不自禁地雀躍的握起手來，雙雙的跳着，叫着，笑着。

第二天，心怡拿了一盒餅回學校作茶點，生性傲慢的欣怡竟然控制不了饞嘴，張大手掌向心怡討餅吃，心怡將餅倒出來——心型的餅——心怡將心交出來，欣怡也將心接下了！

貓的故事、餅的故事延續着……

打開門的日子

打開門，打開門的生活會是怎樣的自由愜意，又是怎樣的新鮮刺激？我的童年，就是在打開門的日子裏度過的。

在我仍在襁褓時期，爸爸的職業是船員，長年累月穿洋過海，每次回來，總只是短短的幾天，但我的生活可不愁寂寞，由於弟妹眾多，整天不是你追我逐，便是擾攘吵鬧。我雖然是女孩子，且是大家姐，玩耍嘛，倒缺不了我的份兒，我眉梢上的疤痕也就是幼時在客廳中追逐跌倒換來的。那時我才六歲，和小弟妹們玩捉迷藏，一頭栽在几角上，血流如注，家中傭人立即用薑茸敷傷口，痛得我哇哇大哭。血是止了，卻留下一角疤痕，形狀就似包青天額上的月牙，但我的月牙卻在眉梢！

爸爸終於厭倦了天涯飄泊的生活，也捨不得我們六兄弟姊妹，於是決定將住所客廳及前面的房間拆卸，裝修成店舖，做起米店生意來。我們一家，也就開始了「打開門的生活」。

由於店務繁忙，父母又得胼手胝足，應付生活，我自小二開始，便得自己上學放學。我家住在北角，學校在大坑，每天要乘坐幾個站的電車或巴士，再行一段浣沙街，才到達李陞小學。有時，我為了節省那一毛車錢作零用錢，還會步行上學及放學的。爸爸媽媽的放手與放心政策，使我自小練就膽大與獨立的性格，可也導致一段膝蓋潰爛的日子。

那一天，大雨滂沱，水浸大坑，黃濁的大水沿天后廟道洶湧沖下，在柏油路上翻起激流，較淺處水波潾潾，神秘又美麗；有小石塊處浪花躍起，小跳步踢起水珠，嬉戲又頑皮；有垃圾堆處水波湧起，大跨步掀起浪頭，澎湃又雄偉；水流有時直沖，有時狂瀉，有時又急轉彎，看得我目眩心跳，我那時才八歲，涉水行出大坑，已經混身濕透。站在天后廟道口，猶豫不決，面對洪水奔騰，心房狂跳，雙足發軟，實在把心不定，舉腳不定。那腳尖啊，踏前了又縮回來，但人已在半路，正是後有水浸，前有水湧，進退兩難。最後敵不過歸心似箭，終於把心一橫，乘着水勢看似稍緩的剎那，踏出腳步，可惜在另一隻腳尚未踏穩之際，已被洪水沖倒，直摔出英皇道。

幸好那時路上沒有車輛，又幸好有一位清道夫正在清

理淤塞的溝渠，他大手一伸，將我連人帶書包撈起來，抱到那時位於銅鑼灣道口的保濟丸藥廠救治。我的兩個膝蓋被磨擦得皮開肉裂，鮮血汩汩流下。我有沒有哭？我倒忘記了，只記得藥廠的叔叔伯伯慌忙為我止血，也連忙替我致電回家。爸爸媽媽驚惶趕到時，清道夫叔叔已不知去向，這位不知名的恩人，至今仍在我心中，教我知道，施恩何須待謝的道理。我的傷口，由於處理不好，發炎潰爛，整整一個月才結痂痊癒。

前舖後店，人口眾多，最苦惱的是沒一處清靜的溫習場所。找遍全屋，只有二處是可容身，一處是洗手間，店中有兩個洗手間，讓我霸佔一間，躲在裏面讀書；有時躭得久了，弟弟們或店中伙計也會爬上氣窗，窺看我在內裏的動靜，使我不得安寧。另一處就是店中的米包上。店中的米包每一大包是一百六十多斤，一大包一大包的相疊，一疊就是十二、三包。疊米通常不會高至天花頂，其中的空隙正好容得下我。我時常攀上米包，背挨着一疊，坐着一疊，腳頂着另一疊，高高在上的背誦中文。嘻！那時，弟妹們找不着我，不會來騷擾；爸爸媽媽見不到我，不會叫我做店務、家務，我在上面沉醉在自己的小天地中，專心致志，偶爾抬頭，遠望街景，樂趣無窮，想我自幼勤力讀書，但沒有近視，也是這個原因吧。有一次，令我意外兼緊張的事發生了——躲在米包上的我，突然發現一名伙計乘爸爸不在，媽媽在店後做飯之際，竟然潛入櫃枱中偷錢！我有如做大偵探的感覺，靜靜的將事情向爸爸報告，爸爸不動聲色，也跟我一起爬上米包上匿藏，居高臨下，暗中窺視，果然人贓並獲！

在米店中，蟑螂老鼠在所難免。我就曾經在睡夢中被蟑螂咬破手指頭，痛極而醒；也曾被咬傷頭皮，又是痛極而醒。有一次，爸爸打開天井一個渠蓋，噢！天！整個渠蓋下都是蟑螂。我家住在地下，又開店舖，蟑螂當然是我家常客，理應見怪不怪，但成百上千的蟑螂擠在一個渠蓋下，重重疊疊，嗦嗦啐啐，場面不可説不駭人，連爸爸也失驚掉下手中的渠蓋。哎喲！渠蓋一落地上，震得蟑螂四散狂竄，連在渠中黑暗處的傢伙也紛紛趕出來趁熱鬧。我最討厭蟑螂，見此情景，嚇得驚叫，嚇得猛跳，嚇得亂踩，媽媽弟妹們聽到淒厲的叫聲，立即趕來，除了膽小的妹妹立即退下火線外，全家人就像瘋子般，叫啊、跳啊、踩啊，蟑螂也就爬啊、竄啊、四散啊……回想起來，可怕的場面仍歷歷在目。

更恐怖的事仍在後頭。店中蟑螂多之外，老鼠也多。

我們全家，除了我和妹妹外，都是捉鼠敢死隊，爸爸每發現老鼠窩，見有新生的，仍未開眼的小鼠，必會捉去浸酒，說可以補身云云。弟弟們膽大包天，嫉鼠如仇，一見鼠蹤，無論正在做什麼，都會立即歸隊，或追打，或生擒……木棍、地拖、掃把、鐵鑿、鎚仔、火水鉗……全部用上，人手一把，用木棍痛毆，用地拖堵塞，用掃把截阻，用火鉗夾緊。捉到老鼠，大弟用鐵鉗鉗着鼠頭，二弟用鐵鑿抵住鼠嘴，五弟用鐵鎚重鎚而下，就地將老鼠處死，比起中國古代酷刑，不遑多讓。那時，我必在旁苦苦相勸：「何必呢！交給滅鼠組吧！」妹妹也必在旁流淚悲哭，似在祭鼠。

打開門的日子裏，最威風的是整治街尾士多那兩個小惡霸。他們恃大欺小，恃強凌弱，常常欺負弟弟們。有一天，二弟和三弟又哭哭啼啼的回來，爸爸媽媽不在店中，我義憤填膺，立即帶同弟妹，怒氣沖沖的去找他倆。那時我十歲，是大家姐，所以由我拿雞毛掃；二弟九歲，家中長子，由他拿小木棍；三弟八歲，拿長間尺；四妹六歲，拿「煮飯仔」用的鍋鏟；五弟五歲，拿他的小水槍；六弟三歲，什麼也不拿，由我拖着他。唉，當時若真打起架來，我家那隊童子軍，又怎會是他倆兄弟的敵手？但說來奇怪，他倆見我們六人一字排開操到，又團團將他們圍住，由我義正詞嚴的警告他倆不要再欺負我們，否則對他們不客氣，當堂張目結舌，啞口無言，以後不敢再犯。從此，孫家六小福的齊心，也就名聞北角。

童年已矣，但回憶往事，最能感受父母之愛，手足之情——就在打開門的日子裏……

小說篇

長跑小子

1. 長跑小子

「咯！咯！」哪個傢伙擾人清夢？

我正夢見自己在比賽中衝過終線，全場掌聲雷動，我顧不得竭力比賽後的氣喘腿顫，拚命向觀眾揮手致意，多謝他們的鼓勵。人羣中有看得起我的師長，提名我代表學校參加比賽，希望我為學校爭光；有支持我的同學和學兄，特意來為我打氣；當然更有愛護我的哥哥，為我的努力和取得成績而鼓掌。

衝過終線！

衝過終線的一刻，咪高峯宣布：「第一線麥耀輝衝過終線！哇！破學界紀錄！破學界紀錄！」

我聽見同學們在狂叫：「狗仔！頂呱呱！狗仔！頂呱呱！」

「麥旋風！果然名不虛傳！」不知哪個手下敗將拍着我的肩膊説。

哥哥正向着我跑過來，我彎下腰，喘着氣，手在顫，腿在抖，勉力抬起頭，伸手抹去臉上的汗水和淚水，口中說不出話，心中卻是波濤起伏，甜酸苦辣的滋味，通通湧上心頭。

「學界長跑總冠軍麥耀輝，請上台領獎！」

站在高高的領獎台上，手捧兩呎高的總冠軍獎盃，挺起胸膛，昂首凝望校旗徐徐升起，耳邊響着旋律激昂的校歌，場上飛揚着歡呼的喝采聲和掌聲，那種榮譽與滿足感，叫我驕傲，叫我自信，叫我流下激動的淚！我知道天生我才，我清楚自己是一個有用的人，我的生命在運動場上，我鬥志昂揚，我覺得自己人生豐盛！

陶醉了！我陶醉在勝利的氛圍中！

陶醉了！我陶醉在歡呼的熱浪中！

陶醉了！我陶醉在捧獎的榮耀中！

「咯！咯！」咦，好像是什麼在敲什麼的聲音？

「麥耀輝，你睡夠了麼？快起來默書。」是S老師的聲音。

我整個人彈將起來，我剛才不是假裝睡覺的麼？怎麼真的睡着了，還發起白日夢？我的眼睛濕濕的，我發夢，還在夢中哭了！嘻，我尷尬得像猴子般縮着頸項抓着頭皮，對着S老師傻笑。

SCHOOL
Z
Z
Z

我麥耀輝，今年十三歲，得意傑作是賽跑項目，打從小學開始，已經在田徑賽上屢創佳績，人稱「麥旋風」，在學校中無人不知，在學界運動中無人不曉。我升讀中一已經半年了，卻仍然渾渾噩噩，不知用心。我喜歡上學，天天準時踏進校門，日日依時踏出課室，心中只是盤算着一件事：怎樣在田徑賽和越野賽上取得勝利。

不要以為我擅長運動，一定身材魁梧，高大過人。正好相反，我身高不夠五呎二吋，皮膚黝黑，充滿陽光氣息；我樣子趣致，生來一對八字眉、八字眼，鼻子挺直高聳，嘴巴不大。我的五官沒有過人之處，最特別的是五官會配合我的表情，隨着我的笑，八字眉會豎起來，八字眼會瞇起，鼻子會皺起，嘴巴會咧得大大的，給人一個很稚氣，很 cute、很真、很傻、也很軟皮蛇的感覺，所以雖然讀書懶惰，但我仍然深得老師喜愛、同學愛戴，沒有哪位老師會狠下心來罵我、罰我。

「打開默書簿，背默《木蘭辭》。」S 老師說。

「老師，我不懂。」我咧開嘴，皺起鼻，瞇着眼，豎直眉，對着 S 老師扮起笑臉來。

「什麼懂不懂，懂要默，不懂也要默。」S老師花名「女殺手」、「小辣椒」，現在她交疊着手臂，裝腔作勢下命令，發揮她「辣」的本色。就在這時候，鄰座一隻色迷迷貓則乘機在S老師的裙下伸出「照妖鏡」，想窺看裙下風光。

我走出座位，站在S老師和色迷迷貓中間，假裝指着黑板說：「我已經寫在黑板上。」

S老師轉過身去，避過了「照妖鏡」危機，看到黑板上的打油詩，我分明瞥見她看詩時抿着嘴唇強忍着笑，但轉過頭來對着我卻扮酷（即是cool）的神情，指着我的默書簿說：

「哦，懂寫詩，當然也就懂背默詩。」我知道S老師心底裏很喜歡我的傻氣，很賞識我的鬼才，我也得給她留點面子，不能讓她在同學面前下不了台，只是我實在毫無準備，如何是好呢？

我坐下來，翻開默書簿，把自己剛剛在黑板上「發表」的「五言絕句」抄錄下來：

要背默《木蘭辭》有感

我想要睡覺，

你卻要默書，

我睡我的覺，

你默你的書。……

抄到這裏，我忽然靈感湧至，繼續把詩寫下去：

一覺醒來後，
我要去跑步，
身在山野中，
輕鬆無牽掛，
清風隨身送，
白雲伴我行，
飛毛的樂趣，
誰個會明白？
還你木蘭辭，
請求你原諒，
他日掛跑鞋，
重來拾書本。

默書簿中寫上我的得意大作，還附上一個自畫像，畫得很趣致，我知道，年輕清秀的S老師一定會喜歡。

只是，我不知道的是我的捉挾詩句：「他日掛跑鞋」，竟會一語成讖，也成為我少年生涯中最嚴峻、最殘酷、最悲慘、最要命的考驗！

2. 崩牙狗和狗仔

我來自一個低下層的家庭，住在鄰近學校的山坡木屋區中，父母沒有受過教育，平日只是和我們一起吃飯和教訓我們。

和我感情最好的是哥哥，他花名「崩牙狗」，比我年長兩歲，是我的老師，也是我的軍師，對我只有幫助和扶持。

我十歲那年，哥哥十二歲，兄弟倆在家中揮動拾來的木條，當作「武林聖火令」比武。

「武林聖火令，一出鬼神驚！」哥弟倆合唱着。

「我呔！看我的聖火令，橫掃千軍！」哥哥一板掃過來，我身手敏捷，一跳避過了，立即回手一板掃過去：

「我這板叫直拍狗頭！」怎知道他閃避不及，「啪！」的一聲響，他的嘴巴登時鮮血直冒。

我大吃一驚，手忙腳亂地用廁紙替他抹去鮮血，忙亂中，覺得廁紙裏好像有點硬東西，一打開，天！半截白色的帶血的門牙，靜靜地躺在血色的紙上！

「不要告訴媽媽，我不張大口，她是不會發現的。」受傷的哥哥反而安慰我。

去年暑假，我們和其他木屋區少年一起去後山「波地」踢足球，中場時，哥哥跑過來我那兒，要拿水喝，我卻剛好練習跳起來要接球的動作。

「篷！」的一聲悶響，我覺得自己的頭撞到什麼東西上，一看：「哎！」只見哥哥雙手掩着嘴巴，痛苦得跌跪地上，鮮血從他的指縫中涔涔地滴出來。他攤開手掌，在那帶血的手掌中，我看見了大半截斷裂的門牙，天！我又撞崩了他的另一隻門牙！

難道，我是他的剋星？

我撞崩了他兩隻門牙，兩隻都是恆齒呢！

從此，他被叫做「崩牙狗」，我便是「狗仔」。

哥哥動靜皆宜，書讀得好，文字領悟力比我高出不知多少倍，他為了幫助我追求突破，更上一層樓，會自動跑圖書館，借來有關運動的書，和我研究各個正確的姿勢，鑽研出每個可能取勝的戰術。他幫助我克服一個又一個影響速度和力度的細節，使我懂得運用每一個關節、每一束肌肉，迸發最強勁的爆炸力，去取得勝利。沒有他的熱心和認真，我無法成為運動場上一顆閃爍的明星。對我的守護神哥哥，我只有由衷的敬佩和感激。

但是，要在運動場上做出成績來，還得要自己肯付出努力。

這期間，你知道我流了多少血？多少汗？多少淚水？

3. 獨自在山坡

中一，我便被選入學校長跑隊，從此，心中總像有一把聲音，日夜鞭策我說：

「你是麥旋風，輸不得！輸不得！」

這一把聲音，會把我驅趕到山上去；這一把聲音，會鞭策我邁開雙腿，使勁地跑，拚命地跑，一個小時又一個小時地跑，我要練速度，也要練耐力。跑步，是我的強項，我，麥旋風，不會讓獎項溜到別人的手上。

我要贏所有和我比賽的對手！

每天放學，我會到市場買幾個番薯，帶着一小盒火柴，獨自跑到山上去。下午四時之後，山間人跡杳然，只有歸巢小鳥啁啾鳴唱。環境清幽恬靜得叫人覺得心情舒暢，只有在山上，我才能夠忘卻被迫讀書的煩惱，忘卻塵世社會中人和人比較的無奈。

這天，我放學後照例上了山。脱下「白飯魚」，塞到八爪魚袋中，馬馬虎虎地做了點熱身，然後急不及待地邁開腳步，赤着腳在山路上跑，一心只想着：

「加速！再加速！」

「破上次紀錄！」

一開始，我便像一枝箭般地跑，以練習速度，到一個三叉路口時，便拐到山上去，做上斜坡練習，以增加我的耐力。一路上，我全神貫注地留意着自己的步法，但不久之後我便發覺自己的心跳聲和呼吸聲越來越沉重，整個胸口有快要爆裂的感覺，頭也有點昏眩，我知道是我肚子餓了，血糖降低。但我停不下來，倔強、好勝、熱熾的情緒交織着，叫我停不了腳步，叫我只看到前面畢直的冠軍路，我要咬緊牙關，一路奮力地跑下去！我對自己說：

「狗仔！不要停！不可停！一停便不能有突破！」

只是，我的膝蓋忽然跟我作對，隱隱作痛起來！腿一軟，一腳踩到山邊的碎石上，整個人失去了平衡……

「沙沙沙沙沙沙沙……」滾着一身碎沙石，我滾下了一道斜坡。「噹」的一聲，整個身體撞到不知是什麼的金屬上，才戛然地停止滾動。我驚魂甫定，嘗試站起來，可是全身骨頭卻像散開般，痠痛的感覺像電流傳遍全身，先是小腿，然後是大腿，再然後是脊骨、頸骨，使我發不出一點力來，更別説支撐站起來。幸好的是，我背着八爪魚袋，它的承載物和厚度保護了我的頭部，使我不致碰到頭破血流。但事情總有利與弊，八爪魚袋保護了我的頭，但袋中的水瓶、番薯和跑鞋凹凸不平，壓着我的背部，壓得我痛上加痛，簡直是痛入心肺，痛絕人寰。

我直挺挺地躺着，冷靜地問我自己：「狗仔，你沒有死麼？」

「我狗仔命大，還有大好前途，死不了的！」我笑着回答。

「好笑，你這種人，書讀不成，還有什麼前途可言？」是冷冷的嘲諷。

「你不必挖苦自己，書讀不成，可以在另方面出人頭地！」是鼓勵的聲音。

「你指長跑？長跑可以當飯吃麼？是一種職業麼？將來可以賺錢麼？父母會以你為榮麼？」好一番無情的搶白。

是滾下山坡受傷了？是被八爪魚袋的釘鞋壓痛了？是被我自己的話刺傷了？我頓時語塞，我的心絞痛起來，淚水悄悄地爬下了面頰。

今年，我才十三歲，沒有做過壞事（除了在五星級學府*就讀，在小學時曾留過級外……如果這些也算是壞事的話），只是熱衷運動，讀書不成，為什麼便要我承受這般重的壓力？淚水肆無忌憚地洶湧而出，我也懶得伸手去抹掉。

今天，其實又沒有什麼不快事發生，只是摔了一跤罷了，怎的會百感交集起來？不是說童年無憂、少年無慮的嗎？！

我的臉朝天，一動不動地躺着，莫名其妙的眼淚流了一臉，不能自已。

這時候，本來清幽恬靜的山，竟然變臉，颳起狂風來。風聲呼嘯，吹得樹枝狂掃，吹得樹葉滿山滾動、漫天飛舞。我是山野少年，自小住在山中木屋區，最愛通山跑，我知道，傾盆大雨快將來到，我再這樣躺着，只會淋得全身濕透，最後病倒，不能出賽。

我竭盡全身力量，先使自己翻轉身體，然後曲起右膝蓋，撐起雙手，半跪起來。接着，我伸手扶着身旁那剛才被我撞得「噹」的一聲的東西，拚盡全身力氣站起來，雖然有點頭昏，但仍然可以看見那東西原來是一截大圓水管，不知是什麼原因，被棄置在這裏。水管有三呎高，足夠我

＊五星級學府：指 Band 5 中學，以前香港的中學按學生成績分流為五個組別，Band 5 中學是級次最低，即成績最差的一個組別。

爬進去避雨，趁雨仍未下，我忍着身體疼痛，先在附近拾了點柴枝和樹葉，拋到水管中去，然後彎腰屈膝爬進去。

在大水管中，我喝了點水，補充一下流去了的汗水和淚水，掏出火柴，要去點燃柴枝和樹葉。下雨前，柴枝和樹葉帶點濕氣，不易燃點，但我有的是耐性和技巧，我先燒着一條比較乾的柴枝，用它來烘焙其他柴枝和樹葉。這個方法果然有效，不一會兒，篝火便「騰」地升起來了。我把番薯放到火邊烘焙。就在此時，「噹噹噹噹噹噹噹噹……」，豆大而密集的雨點無情地、使勁地打在大水管上，金屬的聲音清脆又頻密地響徹水管，在水管內撞擊迴響。大水管中，柴枝和樹葉在燃燒，發出「必卜必卜」的聲音回應。

我不再哭了，反而有點心急地等待烘焙中的番薯。不一會，一陣陣番薯的清香透出來，混和着我的體味和燃燒中的柴枝樹葉的焦味，使我有一種溫暖滿足的感覺，我竟然對自己說：

「如果剛才跌死了，吃不到番薯，那多可惜！」

大雨下得快，收得也快，我才吃過煨番薯，番薯的香味仍縈繞在空氣中，隱約可嗅，篝火上餘煙未了，大雨便倏地停止了。我爬出水管，再費力地爬上泥濘的山坡，不小心跌了一跤，弄到自己像一個泥人般。我走在山徑上，全身骨骼雖然還隱隱作痛，但天晚了，也總得要回家去了。我拖着疲乏的腳步，一拐一拐地走下山，一路上留下一個個泥巴腳印。抬頭，只見天空一片清朗，繁星滿布，大自然的變幻，使我這小子忽然心生敬畏，心中默禱：

「如果真有造物主，請您告訴我，我的將來會是怎樣的！」

一路上，只聽見山溪流水聲濺濺，草叢蟲叫聲唧唧，耳邊風聲颼颼，腳下的泥巴，竟也湊熱鬧似地發出類似喘氣的「咻咻」的聲音來，使我這個山野少年，竟然也有點害怕的感覺，那性格如暴龍的爸爸將會怎樣處置我？

4. 那人那家

我的家，就在山下的木屋區內。踏進家門，一看掛鐘，已是晚上十時，從放學到現在，我已經失蹤了六個小時！

家中每一個人見到我，都露出驚愕詫異的表情，接着，我看見爸爸臉色一沉，黑如鍋底，我知道一禍未平，一禍又要起了。

説起來，你或許不相信，滾下山坡時，我身上的汗衫被樹枝和樹根撕成一條條，本來是白色的汗衫，沾了許多泥巴，變成骯髒的泥啡色、泥黃色，再加上身上傷口滲出的血染成的瘀紅和褐色，混和着吃煨番薯時弄上去的一片片的焦黑色。我的運動短褲也好不到哪裏去，除撕破了許多口子之外，更沾上不少泥巴和腐葉。就這樣，我背着不辨顏色的八爪魚袋子，渾身瘀傷，滿腳泥濘，每隻腳趾和趾甲縫間釀滿了泥漿，像穿了青蛙的蹼般，一步一「唧唧」響地踏進家門。

「看你，全身濕漉漉的，滿腳泥巴，又髒又臭，準又是到山上野去！你知不知道全家人等你吃飯，全家人為你擔心？書，你又不用心讀，整天野性難馴，將來怎樣生活！」媽媽一口氣地數我的不是，說到我的將來，更傷心得眼泛淚光。

偷眼望爸爸，他坐在飯桌旁，黑臉一下子變得刷白，是憤怒的白。他一言不發，「霍」地站起來，衝出門外，抓來了一條木板，我看有三呎長、兩吋闊、足半吋厚！

我知道大事不好，嚇得叫起來：「爸爸，不要……」

「打我」二字還沒出口，爸爸已經揮動刑具，起勁地往我的身上抽。我用手去擋，手中招；我不用手去擋，哎！大腿、屁股、背肌、脊骨……馬上全部中招；有一板拍在我本已擦破的手臂上，手臂的傷口登時皮開肉裂，血肉模糊；有一板甚至拍在我左邊面頰上，拍得我滿天星斗，嘴角流血！

爸爸不作一聲，只是起勁地打、打、打，動作敏捷得就像打羽毛球！

我全身中招，但我沒有像一般小孩子那樣邊哭邊走邊喊「救命」或求饒，相反，我緊抿着嘴，緊咬牙關，拚命忍受，不哼一聲。不知內情的人，甚至是我的父母，會批評我倔強韌皮，不知悔改，存心要和爸爸作對，或是給顏色他看。大人們不了解的是：少年人最要臉，自尊心容易受傷，我痛被施刑，不哼一聲，是我不想鄰居知道我被責打，有失面子呀！更何況，木屋區中同學校的人多的是，被他們知道，一說出去，我怎有面目見人？怎有面目回學校面對同學的好奇眼光？又怎能夠再在學界運動賽中昂首立足？

挨了足有幾十板，痛入心，痛入骨，比古代衙門拷打酷刑還要慘烈。最後，媽媽於心不忍，哭着請爸爸停手，爸爸沒有理會，媽媽撲上去，摟着爸爸哭喊：

「你想打死他麼！」

爸爸終於停了手，但我知道他氣仍未消，因為他飯也不吃，「砰」的一聲把自己關進房中。媽媽也沒有吃飯，躲到一角啜泣，飯桌旁，只坐着哥哥，不敢動筷。

剛才在山上遇險，可算死裏逃生，還未及告訴至愛的家人我的遭遇和感受，便遭此痛罵與痛打。我看看自己，遍體鱗傷，手腫、腳腫、背腫、臉腫；手瘀、腳瘀、背瘀、臉瘀；嘴角，鮮血涔涔！養我生我的爸媽，為什麼不肯用一分鐘的時間，了解我發生了什麼事，了解一下我的感受？為什麼不肯用一句好聽的話，安慰我遭受挫折的心靈？為什麼不肯用欣賞的眼光，肯定我的努力自強、堅毅進取的性格？

我有一點「恨」的感覺，上天為什麼要安排我生在這樣的家庭？我的眼淚不受控制地直往下淌……

好一會兒，眼淚流完了，氣也稍平了點，抬頭看見躲在一角的媽媽，仍在啜泣不停，看來，我也傷了爸媽的心。是我錯了？還是爸媽錯了？一時間，我也弄不清楚。

爸爸，是這樣的一個人：從事建築，沉默寡言，沒有朋友；努力工作，一年三百六十五日，不放一天的假，每天加班；早上準八時出門，晚上準八時半回家吃飯，飯後，就在廳中昏黃的燈光下看報紙，對家中的其他人，他似乎無話可說，也似乎，不知道怎樣去說清楚。如果我們做錯事，他就只有一招毒打；對媽媽，他是絕對大男人一個，每月兩次交來家用，其餘免談。媽媽告訴我們，爸爸十一歲便離開父母，跟叔伯徒步走來香港，對父母的愛，就只有祖母親手做的一雙布鞋的記憶，直到今天，這雙陪伴他走過千山萬水的爛布鞋，還被珍而重之地收藏在他的牀下。

媽媽也是在童年時便到香港來的，父母早亡，靠自己掙扎長大，當然不可能受過什麼教育。她在十多歲時，便在外國人家中當女傭，從中學習了一點文化，說話輕柔，待人有禮，知道規矩。她教我們一定要努力讀書，將來出人頭地，搬離木屋區，「上樓」居住。她堅持的家規是每晚全家人要一起吃飯，吃飯時坐姿要端正，脊骨要挺直，雙臂不可擱在飯桌邊，起筷前先要說：「爸爸媽媽吃飯」等。她產後欠補，體弱多病，不能外出工作賺錢，沒有經濟能力，對爸爸只能逆來順受，不吭一聲，遇到不開心的時候，只會躲在一旁啜泣、哽咽。

你也許覺得奇怪，在這樣的家庭長大的我，怎會有傻里傻氣、嬉皮笑臉的性格，又怎會在體育競賽中有如斯昂揚的鬥志？告訴你，正因為媽媽柔弱憂鬱，所以我要用傻里傻氣、嬉皮笑臉來逗她開顏，因而養成了我要樂觀積極的性格；正因為爸爸權威專橫，才造就了我在競賽中不服輸的強悍作風。對我，來自這樣的家庭，有這樣的父母，到底是幸是不幸？是福是禍？

5. 兄弟情深

爸爸把自己關在房中好一會，哥哥才敢去拿藥酒來替我療傷，瘀腫的地方塗跌打酒去瘀散腫，皮開肉裂的各處塗紅藥水，哥哥細心的照顧，使我又從愴痛中振作起來。

「明天，你不是要測驗中史麼？怎的弄得這麼晚，又這般身世回來？」

終於有人問我發生什麼事！

「也沒什麼，我上山練跑，一個不小心，滾下了山坡，又遇上傾盆驟雨。」我輕描淡寫地說。

「弄得這麼傷，還說沒什麼！」

我沒有作聲，其實全身傷口劇痛入骨，我表面強忍，心中卻在淌着淚。

哥哥替我弄好了各處傷口後，說：

「我把中史書讀給你聽，好使你明天測驗過關。」

「不，夜深了，你明天也要測驗，去睡吧。」看看掛鐘，已經深夜十二時了。

「沒關係，我的已經溫習好，我有信心取得好成績。來，明天是測驗哪個朝代？」

我躺在那張爸爸親手造的碌架牀的下層，聽哥哥讀元亡明興的歷史。

説到這裏，我要介紹一下「碌架牀」。「碌架牀」，是香港人的説法，指有上下兩層的牀，是一些居住地方狹小的家庭常用的傢具。爸爸未造這張牀前，我和哥哥是睡在地上的，晚上睡覺，攤開地鋪，早上醒來，把被褥一捲，騰出家人吃飯坐立的地方。爸爸去替人家裝修，每戶有用剩的木料，爸爸便一塊一條地拾回來，親手為我們造了這張碌架牀，既堅固又舒適。我有猴子般跳脱的性格和敏捷的身手，當然是上層住戶，但今天遍體鱗傷，膝蓋更是痛得不能屈曲，只好睡到原本屬於哥哥的下層來。

我有困擾，雖然得不到父母的理解，但我有維護我、幫助我的哥哥，只要我有事，只要我有需要，他一定先伸手幫忙，一定在我身邊扶持。但是如果哥哥有困難、有煩惱呢？誰會理解他？幫助他？

哥哥用心地朗讀中國歷史，神情專注，彷彿整個人也投入元亡明興的時代中。看着哥哥，我不禁滿懷內疚與感激，我拖累哥哥實在太多，他對我也實在太好了。看着想

着，忽然又覺得上天待我真的不薄。

哥哥的讀書聲變得隱隱約約，似有還無，我實在太疲倦了，迷迷糊糊地睡着。矇矓中，我最擔心的不是明天的中史測驗，而是：

「明天，我怎樣上學見人？」

6. 再出怪招

少年人始終是少年人，受傷容易，復原也快。

早上起牀，傷口的疼痛感已經消減了許多。我依時起牀，準備離家上學去，媽媽趕上來，在門前把跌打酒塞到我手中，囑咐我說：

「帶去學校，小息時再塗，會快點好起來。」媽媽說時，眼中充滿慈愛，我看見她滿眼紅筋，想是她整晚為我傷心失眠。

「不用了，媽媽，學校有救傷箱，有跌打酒紅藥水，我會去拿來用。」媽媽的關心，我是明白的。就是這份關心和慈愛，使我對爸爸的毒打無怨無恨。

才到校門，同學便像發現怪物般起鬨。

「嘿，狗仔，被人尋仇麼？傷得這麼厲害？」說話的是紅毛豬朱元善，最愛玩電子遊戲機，頭腦簡單，整天滿口打打殺殺，我也懶得理他。

「依我看，應該是接吻過激，被咬成這樣子。」說話陰聲細氣花名鹹蛋超人的江以威作出肉緊狀說。威仔是日本漫畫迷，思想最有東洋味、色情味。

「去你的！滿腦滿嘴鹹蛋漿！」我沒好氣地推開他。女朋友？我只顧跑步，有女朋友，也早跑掉啦！

今天的第一、二節是體育課。體育課是我的至愛，每星期，我回校五天，就只為了上四節體育課，我愛這五星級學府，也是因為它每周有兩次體育課，每次兩節。但今天的體育課，我一定不可以上。

這是一所全男校，學校沒有為體育課而設的更衣室，全校男生都是在操場的石階旁齊齊換運動服的，那處沒遮沒擋的，大家都可以看到對方近乎赤裸的身體，今天我情況特殊，不想別人看見身上密密麻麻的傷痕而胡亂猜測，我自己也不想再胡謅理由應付。

我向體育老師K Sir告假，K Sir見我頭臉和手上的傷痕，皺着眉問我：

「跟人打架？你本來不愛打架的。」傷得這麼厲害，難怪惹人懷疑。

「是在山上跌倒的。」我輕聲地說。

「你又一個人練跑去？」

「……」知我者果真莫若K Sir！

「跌死了也沒有人知道。」

「……」我狗仔命大，死不了的！

「以後不可這樣，後天長跑隊跑山練習，你休息一次，不要來了。」

「後天，我一定沒事了，可以去練習。」我焦急地說。長跑是我的生命，我怎可以不去？!

「到時才算吧。現在，坐在一旁，不要鬧事。」

兩節體育課，都在看同學盡情玩球，下不得場，只好在旁拍掌。

小息後有中史測驗，同學照例各自出貓招，各忙各的。

下課鐘聲響了，S 老師收了測驗卷，忽然露出「女殺手小辣椒」本色，繃着臉，目光肅殺，朝我的方向掃來。

「糟！惹老師不滿了！」

「周創生，你跟我出來！」

吁！原來矛頭直指坐在我後面的鬈毛狗周創生！

看來，一場風暴就要颳起來了！

7. 腋窩生瘡

周創生諢名「生瘡」，身高五呎八吋，身材魁梧，滿身肌肉，兩條胳膊尤其粗壯，以致雙手不能像常人般垂直，真的就像兩邊腋窩中長了瘡、肉瘤或贅肉般，自然被同學取笑「胳肋底生瘡」，他全身毛髮鬈曲，我愛叫他「鬈毛狗」，以示大家都屬狗輩，加上我倆是鄰居，自小一起長大，所以我對他特別有親切感。

鬈毛狗自幼學習拳擊，跟黑道人物來往，學得滿口粗言，愛談黑道人物英雄事，所以給人很「夠黑」、很「威

風」、很「不好惹」的感覺。他跟我一樣，無心讀書，成績不好，但我跟他不同，我堅持不用欺詐伎倆，他卻為了取悅家人，要用盡各種「出貓*」方法，爭取分數。

由於許多老師對他顧忌三分，只要他不生大事，對人對己，沒有構成大危險，「出貓」這般小事，也就視而不見，不會對他太過難為。我不知道身材嬌小、手無縛雞之力的S老師，為什麼要惹他？

鬈毛狗周創生站起來，跟S老師走出課室。我擔心鬈毛狗因面子問題，與S老師過不去，S老師選擇在班房外

*出貓：粵語方言，指考試作弊。

「就地處置」鬈毛狗，實在不是明智之舉。

鬈毛狗和S老師面對面站着，比S老師差不多高一個頭，腋窩生瘡般雙臂離身，體態魁梧，神情兇悍，任何人面對他，也要退後三步。

「周創生，剛才為什麼要『出貓』？」S老師義正詞嚴地責問。

剛才，我也看見鬈毛狗將書放在桌下抄答案。

「……」鬈毛狗抿緊雙唇，沒有作聲，只是雙眼盯着S老師，就像要吞了她一樣。

鬈毛狗可愛之處是自認是真的漢子，不會否認自己所做的事，所以他不作聲，表示默認，但同時，他雙眼射出的兩道怒火，直迫S老師——到底他會做出什麼事？

鬈毛狗這種魯莽又憤怒的少年，有什麼事不敢做？

「你『出貓』，不誠實，按照校規，要記小過。」S老師面若冰霜，説話擲地有聲。

跟鬈毛狗這種人談校規，就如同説廢話，你以為他會害怕？

看，鬈毛狗已緊握拳頭，頸部紅筋暴脹。

「看來，你還是讓一條路小弟走好些！」鬈毛狗在説黑道術語，語帶恐嚇。

S老師捧着我們的測驗卷，只見她雙手一緊，眉頭一皺，也眼有怒意，她顯然明白鬈毛狗話中之意，她毫不示弱，立即顯露「小辣椒」本色，斬釘截鐵地說：

「路有正路有歪路，由你自己選擇！」

S老師和鬈毛狗四目相交，劍拔弩張，形勢緊張到極點，我已準備撲出去了！

「你大好人才，為什麼不選正路呢！」S老師皺着眉頭，惋惜地說。

或許是一句「你大好人才」，表示了S老師對他的欣賞吧，鬈毛狗竟然放鬆緊握的拳頭，臉紅耳赤地走了。

戲落幕了，同學們噓了口氣，一哄而散，對這樣的結局，有些同學覺得不夠刺激，有點失望。

唉！我自己煩惱已夠多了，鬈毛狗的事，由他自己去解決好了。

8. 男兒有淚

三個月後，便是校際越野賽的日子，為了迎接這一個日子，我每天起個大清早，獨個兒上山練習一小時，然後才上學；放學後，再和學校長跑隊上山集訓。辛勤努力的練習，使我的速度和耐力都提高了。

我當然想破紀錄，我現在是越野賽C組的總冠軍，學界C組紀錄的保持者，在C組，我所向披靡。學界越野賽編組，不計年級，只計高度，為了留在C組，我放棄籃球，放棄游泳，不敢跳高，不敢做任何會令我增高的動作，只要我維持現在的高度，我便可以留在C組，享受我的總冠軍榮銜。

明天要報名了，K Sir召集全校選手宣布：「由今年開始，長跑賽改用年齡分組。」

慘！我處心積慮留在C組的計劃要落空了！

「麥耀輝，我不知道是否應該恭喜你，按年齡分組，你要晉升B組了。」K Sir說。

美夢難成！我的心一直往下墜……下墜……下墜……

我知道我將要面對更殘酷的競爭，更艱苦的鍛煉，我可有信心取勝？如果連在長跑中也不能出頭，我豈不是一無是處？

當晚，我輾轉難眠，一閉上眼，便看見一雙雙長長的、肌肉結實的、象徵力量的、毛茸茸的腿。我用腳去踢，用拳去捶，那些腿卻總在我眼前飄來晃去，還不時飛來踢我的膝蓋，踢得我直往下跌，跌下深淵，無底的深淵。我伸出手，拚命要抓住一些什麼，可是什麼都抓不到……

「啊……救……命……呀……」

我「篷」地坐起來：「哎唷！」木屋屋頂太矮了，我睡在碌架牀的上層，彈子般彈坐起來，難怪頭會碰撞到天花板上！我驚醒過來，滿頭滿身大汗，不停喘氣，心跳得撲通撲通地響。

睡在下層的哥哥崩牙狗被我弄醒，問我：

「狗仔，發生什麼事？」

「沒什麼，做噩夢。」説時，我嘗試再閉上眼，但你叫我怎睡得着？長腿、短腿、第一、冠軍、榮耀、恥辱、有用、無用等問題……一浪接一浪地在腦海中衝擊，一團糟地在腦子糾纏，少年的壓力、少年的煩惱，成年人哪裏明白？又有多少成年人會耐心地去嘗試明白？

集訓時，我站在B組選手堆中，看着人家身長腳長，牛高馬大，有點洩氣，但我不服輸，暗忖取勝之道。哥哥崩牙狗特地來為我打氣，也好為我了解對手實力。

「人家邁開一步，有你一步半的距離。狗仔，要跑得比他們快，不容易呢！」

只有三個月時間，怎可能迅速令自己的腿加長呢？這兩年來，我努力控制身高，我成功了，可惜人算不如天算，結果還是出了意想不到的問題。

「人家邁開一步，有我一步半的距離。換言之，人家跑一步，我要跑一步半……」這的確是致命點。

「對，你的步伐要比別人密，每一步的速度要比別人快。」哥哥果然觀察入微。

每天，我便用這個方法練習，果然提高了速度，但卻也無可避免地加重膝蓋的負擔。膝蓋的疼痛，時好時壞，似有還無。我不知道，這已經是上天對我的暗示。未病入膏肓，又有誰會正視自己身體上的問題，尤其是我這等少年？

學界比賽當日，人羣聚集在起點，紛紛為自己認識的參賽者打氣。支持我的人在狂喊：

「麥旋風，加油！麥旋風，加油！」

「狗仔，一定行！狗仔，一定行！」

我滿懷信心地站在起點上，同組對手個頭都比我高，腿比我長，尤其是站在最高的那幾個對手身邊，就像夾在他們腋窩下。但是，經過多次地獄式練習，我已克服了長腿恐懼症，我信心十足，還彎起腰在自己的兩個膝蓋上吻了一下，就像吻自己心愛的女孩子。

「呯！」信號槍一響，我拔足前奔，要搶佔領先的位置，才一舉步，膝蓋便傳來信息：「痛！」我立即對自己說：

「痛？沒可能！沒可能的事！」

我不接受膝蓋痛的事實，不過，我也不敢驟然拚命加速，只保持速度，穩然佔據着領先的位置，但其他選手都視我為假想敵，緊緊跟貼着我，亦步亦趨。一公里後，我暗暗加速，其他選手亦緊緊追隨，想想看，人家跑兩步，我要跑三步，在路上，我的付出比別的跑手多三分之一！我的兩個膝蓋又乘機發難，不時呼喊：

「痛啊！」

「痛死狗仔唷！」

我孤獨地在賽道上掙扎，不停地鼓勵自己說：「狗仔，沒事的，你一定要完成賽事！一定要！」

兩公里後，要上斜坡，有的選手漸漸落後，我知道，如果在這一段路上不減速，我便有機會穩佔前位。我改變戰略，減少膝蓋提起的高度，配以更碎密的腳步，順利地完成這段斜路。

到下斜坡時，兩個膝蓋竟然大起抗議，痛得我冷汗直冒，多次痛得差點要跪下來。每次，我只有死命咬緊牙關，裝作若無其事般向前挺進：

「下了這段斜坡，再拐一個山頭，便到終點了。」

這段斜坡，和那個山頭，在平日來說，根本完全難不倒我。可是今天，在這考驗的時刻，我越來越舉步維艱，我的兩個膝蓋，開始痛得大小腿肌肉牽扯，曲不起膝蓋，抬不起腿來，我的步伐越來越窄，也只得越來越密，跑步的熱汗和刺痛的冷汗混和着，涔涔淌下，濕透了我的眉毛和睫毛，使我睜不開眼睛來，我伸手想抹去汗水，越抹便越覺雙眼模糊，原來我痛得淚水直流。在山上，在作戰中，我求助無門，我痛苦孤獨得想哭，這種生理心理的狀況，是我以前從沒發生過的。

這算是怎麼一回事？！

我咬緊牙關強忍身體的疼痛，背着我的冠軍夢，跑下山來，拐到另一個山頭去，向着我的冠軍獎盃跑去，就像賽狗中的狗兒，拚力追着電動兔子一樣。

「麥旋風，加油！麥旋風，加油！」

「狗仔，好利害！狗仔，好利害！」

終點在望，人聲鼎沸，在我身邊到底還有多少個勁敵，我看不清楚了，我只覺得陣陣勁風在我身邊吹過……

到我醒來的時候，一睜眼，立即知道自己身在醫院中，而且還穿上病人服裝。

「比賽結果怎樣？」我問牀邊的哥哥，也沒空理會他身邊滿眼焦慮的媽媽。

「還說比賽結果，看你兩個膝蓋！」媽媽心痛地說道。

「我到底有沒有衝線？」我再焦急地追問哥哥。

「醫生來了。」

護士揭開蓋着我的氈子，拉上我的褲管子，我才覺得兩個膝蓋火辣辣地痛，一看，只見兩個又紅又腫的「菠蘿」。

「麥耀輝？」

我木無表情地點點頭。

「哦，你膝蓋的軟骨磨損嚴重，過兩天消了腫，就替你做手術，放兩塊鋼片進去。明天讓你轉骨外科病房。」

「會不會影響我賽跑？」我終於開腔，忐忑不安地問。

「還說賽跑，走路也要小心哩！」

「轟！」的一聲，醫生的話像鐵錘重重地砸在我頭上，我差點沒暈過去，淚水洶湧而下！

「嘿！又不是宣布你跛了，用不着這麼激動。」

「又不是你，你當然不激動！」我奮力把枕頭向醫生的臉上擲去，年輕的醫生身手敏捷，伸手接過枕頭。我太震驚了，震驚得失去常性。

想我狗仔，平日嬉皮笑臉，難得發脾氣，今天卻完全變了個樣子，大吵大鬧，盡情發洩。

「狗仔，不要這樣，不賽跑，你可以做別的。」媽媽嘗試安慰我。

「不！除了賽跑，我什麼也做不成！」我把牀頭櫃上的東西全掃到地上，然後嚎啕大哭起來，嚇得同房的病人和探病親友全部轉過頭來，怔怔地看着我的演出。

「你們走！我不想見任何人！走呀！走呀！」我歇斯底里地叫嚷。

趕走了媽媽和哥哥，我躲在被窩裏盡情啜泣，盡情流淚。上天對我實在太殘忍了，這無疑宣判我的死刑。我不服！

護士們知道我在發脾氣，也不敢來惹我，只是一會兒便隔着氈子問：「麥耀輝，你沒事嗎？」

我在被窩裏嚷道：「你走呀！」然後繼續我傷心的哭泣。

我哭得倦了，矇矇矓矓地睡去。睡醒時，坐起身子，看見窗外漆黑一片，病房中卻鬧哄哄的，病童都有親友來探望，我的家人卻不知道去了哪裏。我唇焦嘴乾，肚子正在打着鼓，空空的腸子發出「咕嚕咕嚕」的吵耳聲音，我記得，我還未吃午餐！口乾、肚餓、腿痛、心傷，沒人理會，沒人安慰，我有一種前所未有的很悽涼的感覺，比被爸爸痛打還要難受。

9. 旋風美少女

我把身子縮回被窩中，鼻子酸酸的，眼睛又濕濡起來。看來，我今天流了 N 加侖眼淚！不知過了多久，有一隻手輕輕牽扯着我的氈子問：

「麥耀輝，你肚子餓嗎？」

我嗅到麥記漢堡、肯記雞腿的味道！但一看見那個要切開我膝蓋的年輕醫生笑嘻嘻地站在牀邊時，我又脖子一

擰，故作倔強狀：「你走開，我餓死也不吃你的東西！」

「食物是我買的，你吃不吃？」一把清脆悅耳的聲音說。

「咦！怎麼會是你？」是隔鄰女校的小旋！她也是賽跑界名將，我最愛看她束起的長髮髮尾飛揚，雙手高舉衝線時的優雅動作。

我整個人像彈弓般彈坐起來。一坐起來，便忙着用右手指梳抓頭髮，左手擦去殘留眼邊的淚珠，再用指尖拭去眼垢，又得扯直衣衫……狼狽忙亂，惹得在旁的醫生和護士都笑起來。

「你慢慢享用晚餐，我遲些兒再來。」那年輕的討厭的醫生說。

我一邊吃着漢堡飽，一邊聽小旋說話。

「你知道了嗎？你取得學界男子 B 組總冠軍呢！」

「Yeah ！咳……咳……」我開心得叫了起來，差點沒被漢堡包嗆死！

小旋帶來的好消息，讓我開心了好一陣子，但一想到那年輕的討厭的醫生的話，又不禁悶悶不樂。我告訴小旋有關要動手術的事。

「如果我是你，我會傷心得想死！」她今天去觀賽，看到我歷史性的一刻，感同身受。為了來探望我，她花了整個下午打探我去了哪間醫院呢！

「唉！除了賽跑，取得成績外，我們再沒有什麼可以肯定自己了。」她幽幽地說，我怔怔地聽。她，真是我的知己，說出我的心底話。

「你的遭遇令我思索一個問題：今天你出了事，可能明天會輪到我，我們一生，怎能夠只有賽跑一條路？」她若有所思地說。

都説寂寞傷心的人最脆弱，她在我最脆弱的時候出現，我發覺，自己竟然就在這時候，在病牀上，愛上了她！

小旋走後，我還在怔怔地想，想自己，想將來，想小旋。當然，也想到爸媽，想到要做手術，更想到萬一手術不成功……想着，想着，又流下淚來。

「很擔心手術嗎？」一把年經的聲音問。

我抬頭一看，一位年紀跟我相若的病人，站在我的牀邊。他是誰？

「你是誰？」

「我叫吳家榮，你鄰牀的病人。」真慚愧，入院以來，我只為自己的事發脾氣，對身邊的人和事一概沒注意，連鄰牀是誰也沒有望一眼。

我看他好端端的一個人，會患的是什麼病？

「聽説你膝蓋軟骨受損，要做手術。」他關切地説，他和我年紀相若，我像找到一個知己，大吐苦水：

「看！上天多麼殘忍，我還未到十四歲，讀中二，便要這樣折磨我，太不公平了！」我忿忿不平地説。

「唉，命運是好是壞，也不由我們決定。」他像很同情我的遭遇。

他繼續很友善地説：「如果我們學會積極樂觀地去面

對命運，不只從壞處去想，去折磨自己的話，相信心裏會好過一點。」

他年紀跟我一樣，怎會如此冷靜？想他患的一定是小病。我漫不經心地問：「你呢，什麼事入院？」

「骨癌，後天會接受手術，切去左腿。明天早上，我便會轉去外科病房了。」他輕聲回答，我卻聽得全身一震，瞠目結舌，臉紅耳熱，不知説些什麼好。

當晚，我又輾轉難眠，小旋的花容笑靨和吳家榮的腿總在眼前晃動。

下午，我搖了一通電話給小旋，告訴她我決定不接受手術，我要自己醫自己，我決心要攫取那「很微」的機會！就這樣，我這個十三歲的少年，為自己作出了重大的決定。我有一種很自豪的感覺。

辦理離院手續時，主診醫生走過來，拍着我的肩膊，很關心地説：「多游泳，對膝蓋的康復會有幫助。」忽然，我發覺他不再討厭了。

我今後的命運，正應了我自作的讖語：「他日掛跑鞋」，想不到的是，這「掛跑鞋」的日子，竟然在我十三歲時便兇悍地來臨，上天，這不是太殘忍了麼？

10. 水龜變飛魚

出院之後，我天天游泳。橫豎要留班，我更全情投向水上運動的發展。

小旋來看我游泳，嘖嘖稱讚，用很羨慕的語氣對我說：

「狗仔，想不到，你在游泳方面也這樣出色，你游泳姿勢很好看呢！」

有什麼比心上人的肯定話語更使人心動呢！小旋的話，猶如給我打了強心針，我開心地傻笑着，對她說：

「小旋，不要叫我狗仔，叫我 Panda。」

自從被迫退出賽跑項目後，我為自己改了個英文名，表示自己的新生，也是給小旋叫的。我覺得，小旋叫我狗仔，感覺像兄弟，她叫我 Panda，感覺才像是她的男朋友。

自從參加學界游泳比賽以來，我屢屢得獎，而且贏得毫無困難。小旋說得對，人，總不會只有一個強項，我們應該盡量發掘自己的潛能。這一年多以來，我的膝蓋疼痛逐漸退減，甚至漸漸康復起來 。

不過近來，比賽得勝，除了獎盃和榮譽，上天還賜我鼻塞頭痛，鼻腔內更流出啡色液體，濃濁惡臭。

昨天比賽完畢，站在領獎台上，捧着總冠軍獎盃，忽然覺得頭痛欲裂，頭昏腦脹，還伴有想吐的不適感覺。我得了獎，卻忐忑難安，我知道自己可能出事了。

今天，小旋陪我去見我的主診醫生，現在，他已經是我的朋友了。一見到我，他察顏觀色，眉頭一皺，問我：

「狗仔，你神色不妙呢！有事發生？」

我把不適的感覺告訴他，他替我作例行檢查後，便立即將我轉介去耳鼻喉科。

命運真會拿我來開玩笑！

專科醫生一輪仔細檢查後，神情凝重地對我說：

「你患了嚴重的鼻竇炎，整個鼻腔滿是濃液，要施手術清洗鼻竇，刮去腐肉。」

「轟！」跟上一次一樣，聽到宣判，只覺得轟然欲倒。今次，在小旋面前，我並沒有大吵大鬧，小旋見我臉色慘白，伸出手來，緊緊地握着我的手。

命運在冷笑，我才十五歲，可是我的人生，就這樣在疾病與醫院之間團團轉麼？說自己不會洩氣，是騙你的。

為什麼是我？

為什麼又是我？

我忿恨難平！

11. 命運在冷笑

我坐在泳池邊，觀看學校泳隊訓練，滿懷心事，情緒，低落到極點。

上空，蒼鷲鷹盤旋，向下俯瞰，虎視眈眈，像是搜索獵物似的。

忽然，從遠方再飛來兩隻大鷹，其中一隻，嘴裏像叼着一團東西，真奇怪，既然有了獵物，牠們為什麼不回巢裏去享用呢？

兩隻大鷹在空中忽而盤旋，忽而俯衝而下，頃間又振翅上揚，是向嘴裏的獵物耀武揚威？還是玩弄獵物於嘴爪之間？忽然，在一次振翅上揚再盤旋一圈之後，大鷹嘴中的那團東西掉了下來，直往下墜。但，奇怪的是，兩隻大鷹只作高空盤旋，並沒有向下俯衝再攫抓住獵物的意圖；更奇怪的是，那團東西在跌到半空的時候，忽然伸出雙翼，奮力地拍起來，先穩定跌勢，接着來一個優美的低旋，然後振翅向高空飛上去！看那兩隻大鷹，先分開左右，雙雙來一個側旋，向下微降，和那小黑點會合，再隨着那小黑點拍動翅膀上升，漸漸消失在蔚藍的天空中。

噢！好一幅小鷹學飛的畫圖！

小鷹展翅，勇敢自強，我麥耀輝呢？現在被命運作弄，掉到半空，如果不能伸出雙翼，奮力自強，我可能從此沉淪，一蹶不振！我甘心麼？

一下子，我的心境豁然開朗，立下決心，要再和命運交手。

第二天早上，我去見醫生。

醫生説我有兩條路可以選擇，一是翻開上唇內的肌肉做鼻竇手術，消除炎症；二是每天到醫院清洗鼻竇，試做十次，十次後，如果效果好，我或可免過手術之苦；十次後，如果效果不好，這一刀恐怕躲不了。但醫生警告我不要對洗鼻療法期望太高，他也只是盡力而為罷了。

我乖乖地每天到醫生處清洗鼻竇，每次都要用上半天時間。醫生先用長長的竹籤插到鼻孔深處施用麻醉藥，這一插，也叫你痛上一陣子。半小時後，麻醉藥發揮作用，才將一條細細的鼻管插入鼻孔，灌水沖洗，污水從另一個鼻孔流出來，帶着混濁的啡色和綠色濃液，還有血絲，見着也覺噁心。不過，見到流出來的髒物一次比一次少的時候，便覺得受苦也是值得的。

起初幾次，小旋都陪我去看醫生，後來，她説有事，不可以再陪我了，我也沒有告訴家人，悄悄地一個人去，我要表現堅強，默默承受上天的考驗，盡量不給別人麻煩。

洗鼻竇，初時覺得不習慣，有點緊張；到後來習慣了，也不覺得是怎麼的一回事。

十次之後，醫生宣布醫治的結果：「療效很好，你暫時可以免做手術，但以後，不能再游泳了。當然，更不得參加比賽。」

游泳的終止符，繼賽跑的終止符之後又再劃下，命運再向我發出冷笑！

我無可奈何，把泳鏡和泳帽掛在碌架牀牀尾，跟跑鞋一起，我只期待，終有一天，我能學小鷹展翅，長空萬里，任我翱翔！我還希望，不幸到此為止，別再用什麼新招數來折磨我了！

想不到的是，更殘忍的事正在伺機發生！

12. 太殘忍了

暑期結束之前，小旋約我見面，我高高興興地穿了一件最潔白的T恤，配上最體面的牛仔褲赴約。

我們約好在柴灣地鐵站見面，一碰頭，小旋便建議到山上長跑賽的路線上走一趟，膝蓋休息了兩年，加上游泳療法，復原得很好，上山路下斜坡全無問題。

小旋和我見面，通常都是T恤長褲跟運動鞋，但今天的小旋有點奇怪，穿了一套運動短裝和跑鞋，好像準備去跑步般。

「嘿，小旋，要練跑麼？」我好奇地問。

她沒有作答，好像滿懷心事，一路上，她只緊緊地拖着我，也很少主動說話，跟平日爽朗健談的她，判若兩人。我隱隱覺得有什麼事會發生，但又不敢開口去問。

沿路遠眺山下景色，左邊望去高樓林立，車水馬龍，

熱氣上升，散發着都市的沸騰氣味；右邊是青葱郊野，滿眼的綠，洋溢着悠然閒適。我們在山脊上走，就有如走在人生分水嶺上，是向左流，流入人間的洪流？還是向右走，走向野樸的自然？

偷眼看小旋，她的眼神有點迷茫，眼睛有點濕濡，我多次想問她，但話到嘴邊，又嚥了下去。畢竟，我體內流着爸爸的血，繼承了他不習慣多言的性格，而且此時此刻，自己也是心事重重哩。

一路上，我們兩手相扣，千言萬語，盡在不言中。

到達越野賽的起點，小旋說她想沿越野賽路線跑一轉，我立即說：「我陪你。」

「不，你有腳患。」她制止我説。

我知道她關心我，感到甜絲絲：「沒關係，我感覺良好。」

「答應我，如果有什麼不適，便立即停止，好麼？」

「OK ！」我笑着答應，還用力捏了她的小手一下。

我們雙雙邁開腳步，開始時是緩緩地跑；漸漸，小旋腳步加速，我立即亦步亦趨，一直在她的身旁；到距離終點五分一路程時，小旋忽然發勁衝前去，於是我也調整速度追隨。我發覺自己的狀態很好，雙膝不但沒有痛楚感覺，甚至表現得舒柔有力！我實在高興得很，到達終點時，我一定要將雙膝已經康復的好消息告訴小旋。

我和小旋一起到達終點，大家氣喘未停，小旋忽然一個轉身，倏地摟着我，吻了我一下。我驚愕得不知所措，我從未吻過女孩子，也未給人吻過，跟小旋交往以來，都只是純真地「拖手仔」。今次小旋突然來一個使我措手不及的一摟一吻，使我頓時手足無措，方寸大亂，差點連自己是誰也忘記了！

我傻兮兮地站在原地，心撲通撲通狂跳，臉紅耳赤，不知説什麼，做什麼，事後，越想越覺得自己實在太笨了。

「明天，我便要走了。」小旋垂下頭低聲地説。

「什麼？你說什麼？」我聽不清楚，是鼻竇炎的影響吧。

「我明天要飛英國讀書。」小旋抬起頭來看着我說。

「沒可能，你耍我的！小旋，告訴我，你剛才是騙我的！」我激動得搖着她說。

「是真的，明天下午的飛機。」一字一句，小旋說得清清楚楚。

「沒道理，以前一直都沒有聽你說過，你怎可以說走便走的？」這……這太殘忍了！我急得心驚膽顫，腳一軟，整個人半跪下去。我第一次感覺到，情感受挫，竟是可以使人有這樣厲害的痛苦的難過的無奈的感覺！

小旋要離我而去的消息，如一盆冷水淋熄我因雙膝已經復原而起的興奮雀躍的心情，心驚膽顫之後是一片迷亂渾噩，我完全忘記要告訴她雙膝康復的消息，我的眼淚不受控制地流下來，心絞痛得沒法抬起頭來。我和她是怎樣下山的，我記不清楚了。

我沒有去送機，我忍不住眼淚，我怕在她家人面前痛哭。

命運，又給我的青葱豆芽夢狠狠地劃下了一個休止符……

小旋走後，我再上山去，才想起當日我跪下去的地方，就是兩年前，我在長跑賽中倒下去的地方！

事情，真的可以這麼巧合？！

13. 荒山怪獸

小旋走後的日子，我百無聊賴，渾渾噩噩，也不知道是怎樣過的。哥哥見我精神萎靡，無所寄託，於是建議我參加學校童軍團，好歹有一點課外活動，忘盡一切不快樂的事。

這一天，我跟隨大家到大埔露營。我們每人背負着近十五公斤的露營物品，下了車，向深山挺進。一路上但見青山綠水，天朗氣清，萬里無雲，精神倍覺舒暢，身體也為之輕鬆自在。越鑽入深山，越是山綠水清，林木幽深，人跡杳然。遠處但見山徑曲折連綿，峰巒疊起，雲煙繚繞，景色怡人。

寧謐的大自然，也真可以洗滌心靈的煩囂，我不自覺地吹起口哨來。

黃昏時分，我們進駐深山，羣山擁翠，中間地勢平坦，長滿青草，形成一個與世隔絕的世界。置身其中，如置身在翠綠的大圓盆中，我們的營幕，就紮在盆中的高地上。

入夜，平白無端，忽然不知所以地颳起狂風，咆哮呼嘯，吹得樹浪怒湧，如萬馬奔騰；豆大豆大的雨點，挾着狂風的威力，趁熱鬧似地風馳電掣鋪天蓋地掃來，狂風和暴雨這兩隻暴虐的怪獸，張開巨大的無情的利爪，粗暴殘虐地砸在帳幕上，四周的樹更助紂為虐，彎腰瘋狂拍掃，滴瀝嗒喇，噼里啪啦，嘰哩嘩啦，咿呦吱嘎，扯得我們的帳幕左搖右晃，猛力地向下擠，向下壓，像誓要拍扁瑟縮在它腹裏的生命脆弱的我們。

我們走投無路，覺得既害怕又興奮，不知道這一場和風雨暴龍的狠鬥結果將會如何？

「來，把身體壓在四角，只要四角的營釘不被颳起，我們便能保住營幕！」哥哥下令道，很有隊長的堅毅不屈和威儀。我們發揮團結力量，除非，狂風大得可以把帳幕中五個人同時吹起！

我們又驚又怕又冷又倦，不要說睡覺，連合上眼也不敢，咬緊牙關，身體隨着風勢的強弱，或緊張，或鬆弛，度過無星無月無天無地無休無眠無言無語的一夜。

第二天，大清早，風停雨止，營帳外一片平靜。我們濕漉漉地鑽出帳幕，只見東方發白，一輪麗日自山的盡頭

處冉冉上升，送來滿天朝霧，絢爛嬌妍；青翠油綠的林木，經雨的洗滌，更見鬱鬱葱葱，在霞彩中伸展，作睡醒的低吟；枝頭上，小鳥啾啁鳴唱，迎接美麗的一天的開始；草地上的小水珠，反射着大清早的陽光，閃閃爍爍；青草滿地，滋潤生輝，陣陣青葱氣息，撲鼻而來，沁人心脾；此時此際，朝日普照山頭，羣山默默，一派悠然。

昨晚的風狂雨厲，竟然一點不留痕跡，就好像一夜寧靜，什麼事也沒發生過似的。

荒山怪獸，一夜驚心，一夜搏鬥，怎的可以像沒事發生過似的？!

「狗仔，今天，又是新的一天，再開展我們美好的人生吧！」迎着朝日，哥哥摟着我的肩膊，噓一口氣説。

露營回家，哥哥接到美國的學校來信，要他月內報到。由於哥哥會考成績優良，學校更給他獎學金及生活津貼金，條件如此優厚，爸爸媽媽當然極力鼓勵他去。小旋走了，哥哥又離我而去，我豈不是頓失所依？凡事要獨力解決，問題要獨自面對，我可以應付麼？

只是，縱有一百個不願意，我可以要哥哥留下麼？我應該要哥哥留下麼？

荒山一幕，可是上天給我的啟示，要我明白世間事物，不會一成不變，只要堅毅自強，終有美好日子？

忽然，很掛念小旋，她可安好？

作者補誌：

《長跑小子》，原名《旋風少年手記》，是一部少年小說，寫的是我一位十三歲學生李耀輝的成長經歷，是一個「在逆境中活出強者本色」的真實故事。

李耀輝出自低下層家庭，無心向學，只熱衷運動，但膝蓋傷患和鼻竇頑疾卻迫使他結束長跑和游泳的運動員生涯； 耀輝爸爸沉默寡言下卻暴力狂躁，媽媽柔弱愛哭下卻主觀偏執，父母對他都並不理解；他心愛的女孩子和守護神哥哥又相繼離他而去；中學會考零蛋，苦無出路。他是怎樣拚搏掙扎下來，開拓寬闊人生路的？

我被耀輝的故事牽動着，含着淚寫了《旋風少年手記》， 卻努力使它淚中有笑，使它殘酷中體現愛，使它挫頓中奮進自強，故事深深吸引讀者，影響讀者，常有小學生、中學生，甚至大學生反映，耀輝的真實故事是他們在挫折中的慰藉，掙扎中的強心劑。多謝耀輝的故事，它使我的寫作發揮了積極的社會效應，無愧手中的一支筆。

耀輝成長了，做了歷奇導師， 培訓了無數社會精英和青少年。 但上帝繼續和他開玩笑，一個金融海嘯， 使他傾家盪產，所有歷奇投資化為烏有。最遺憾的是， 幾年前，他被教會委派到土耳奇尋找挪亞方舟，方舟找到了， 回來後卻雙眼泛黃。幾經檢查，慘被宣判患上血癌和淋巴癌。我為他擔心得要命，他卻處之泰然，說一切由上天安排，除接受治療外，照常工作玩樂，果然 一派「耀輝」本色！

《旋風少年手記》和續集《魔鏡奇幻錄》，榮登上商務印書館暢銷書榜、入選為「中學生好書龍虎榜」候選書目，《魔鏡奇幻錄》更榮獲「中學生好書龍虎榜」十本好書之一。這部《長跑小子》，是《旋風少年手記》的刪節本，希望引起大家對它的興趣，去追看原著《旋風少年手記》和續集《魔鏡奇幻錄》，為自己增添人生正能量，好去面對人生的種種。

附錄：孫慧玲主要的兒童文學原創作品

出版時間	作品名稱	出版社
1996	跳出愛的旋渦	獲益出版事業有限公司
1999	真愛在校園	山邊出版社有限公司
2000	旋風少年手記	山邊出版社有限公司
2002	魔鏡奇幻錄	山邊出版社有限公司
2005	校園趣事多系列·大冬瓜	新雅文化事業有限公司
2005	校園趣事多系列·小欣的腳不見了	新雅文化事業有限公司
2006	校園趣事多系列·上錯車	新雅文化事業有限公司
2006	校園趣事多系列·種瓜得瓜	新雅文化事業有限公司
2008	特警部隊 1·走進人間道	新雅文化事業有限公司
2009	特警部隊 2·伙記出更	新雅文化事業有限公司
2010	特警部隊 3·搜爆三犬子	新雅文化事業有限公司

2011	特警部隊 4 · 緝毒猛犬	新雅文化事業有限公司
2011	我要做議員	香港特別行政區立法會 行政管理委員會
2011	*I Want To Be A Legislative Council Member*	The Legislative Council Commission, HKSAR
2012	特警部隊 5 · 少女的「秘密」	新雅文化事業有限公司
2013	特警部隊 6 · 少男的第一滴淚	新雅文化事業有限公司
2014	新雅兒童成長故事集 · 口水王子的魔法咒語	新雅文化事業有限公司
2015	新雅兒童成長故事集 · 單車王子怎麼啦?	新雅文化事業有限公司
2016	新雅兒童成長故事集 · 甲由王子的神秘傷口	新雅文化事業有限公司
2017-2018	旋風傳奇系列 (修訂版)	山邊出版社有限公司
2018	寶寶初體驗之旅系列	新雅文化事業有限公司
2021	特警部隊系列 (新修訂版)	新雅文化事業有限公司

獲獎作品：

- 《跳出愛的旋渦》： 榮獲 1997 年香港中文文學雙年獎的推薦獎。
- 《魔鏡奇幻錄》：榮獲第十五屆「中學生好書龍虎榜」十本好書之一。
- 《口水王子的魔法咒語》：榮獲第十三屆 (2015-2016 年度) 書叢榜最受小學生歡迎十本好書。